船在海上

于一爽 著

北京时代华文书局

图书在版编目（CIP）数据

船在海上/于一爽著.— 北京:北京时代华文书局,2022.3
ISBN 978-7-5699-3594-3

Ⅰ.①船… Ⅱ.①于… Ⅲ.①短篇小说－小说集－中国－当代 Ⅳ.①I247.7

中国版本图书馆CIP数据核字(2022)第023841号

船 在 海 上
CHUAN ZAI HAI SHANG

著　　者	于一爽
出 版 人	陈　涛
策划编辑	胡　家
责任编辑	周海燕
执行编辑	郭丽丽
责任校对	张彦翔
封面设计	王柿原
内文设计	孙丽莉
责任印制	訾　敬

出版发行 | 北京时代华文书局 http://www.bjsdsj.com.cn
　　　　　北京市东城区安定门外大街138号皇城国际大厦A座8楼
　　　　　邮编：100011　电话：010-64267955　64267677

印　　刷 | 三河市嘉科万达彩色印刷有限公司　电话：0316-3156777
　　　　　（如发现印装质量问题，请与印刷厂联系调换）

开　　本	880mm×1230mm　1/32	印　张	7	字　数	145千字
版　　次	2022年4月第1版	印　次	2022年4月第1次印刷		
书　　号	ISBN 978-7-5699-3594-3				
定　　价	49.80元				

版权所有，侵权必究

推 荐 序

我认识的于一爽一直留着短发,特别短的那种,北京人管这种发型叫假小子头。她的小脸庞、额头和两只耳朵都自然地袒露着,围绕脸部的头发短到只是给这张人见人爱的脸修个边儿,突出一下脸上的灵气。至于人见人爱,是因为她的五官长得甜美而乖,笑起来满脸善意。这是真相,也是假象。她是善良的,但跟乖相去十万八千里。虽然她从不高声大叫,甚至有些腼腆,但说几个脏字,喝几瓶烈酒,是非不可的事。喝多了不舒服就吐掉。她也总让她小说里的人物呕吐。

她的这个发型,有不少欧洲女性也留。但我认识的留这种发型的欧洲女人,均五十岁开外,且都跟男人有过过节儿,最晚在人生的下半场变成了不折不扣的女权主义者。

我没有跟于一爽聊过女权主义这个话题,但我敢肯定她不是。

一来,她太喜欢男人,跟男人的过节儿攒多了,就写进小说里去,用文学的灶台做成菜,然后把这些菜吃掉,她就能重新完好如初,或者比较完好如初。从这个意义上讲，文学负责救她，尽管她宣布她不对文学负责。

二来，她是一个远离任何确定性的人，不管什么主义，都是确定到硬的东西，坚硬也好、僵硬也好、生硬也好。于一爽和她写的小说，两者都拒绝跟任何确定性沾边。一个没有确定性的世界是复杂的、飘忽的、微妙的，甚至让人激动也让人难受的。于一爽想得支离写得破碎，反而有了某种力量，符合她本人的品位，即"别把文化做成甜品"。

在她思想和情感还很稚嫩的某一天，她误入一场又一场的饭局，从此成为那里的常客。所谓的饭局，特指一圈文化人，他们在伟大理想的感召下长大，曾为人杰，或曾下过决心要为全人类的幸福而奋斗终生。于一爽认识他们的时候，他们只剩下饱满的自怜自恋和大小不一的酒量。他们用他们醇厚的颓调，顺手成就了一个独特的女作家。于一爽这个生于1984年的水瓶座女孩，天性敏感，非主流，在亲力亲为走进现实之前，就透过各位的酒杯，提前看懂了诸多行为的无意义及人的终极懦弱，让更多的东西模糊成了一团。她的小说里总串着一股又不吝又不舍的味道，想爱、想做、想有，可起念前，骨子里就已经不信能爱、能做、能有了。这让她的每个短篇都情节少、动作单一、意象极简。

也许非她本意，可她用这种写法达到了文本的现代性。我和一些搞国际文化交流的人觉得她的小说值得翻译出去，让非中文语境的人读，读出一些多数小说发不出的声音,即那些细微到几乎听不见的内心独白,来自一个还不为世界所知的中国年轻都市阶层。这些"于一爽们"多少都有点不稳,从心里到脚下。他们总觉得有些冷,都希望用某种方式,喝酒、婚姻、远行、作诗……哪种都行,来调高体内体外的温度。

2016年的法兰克福书展上,有一个"中国文学新声音"的项目,选中了路内和于一爽出席,一个是男作家,用长篇巨作写小镇;一个是女作家,用短篇写北京。二人一到法兰克福,就传来前一天德国巴斯夫化工厂爆炸的消息。在苏州化工厂里长大的路内,不禁感叹全世界的化工厂都一样,文学也一样,"所有的荒诞和精彩都存在于日常之中。"那年于一爽才有五年的写作史,有路内在那儿,她的话更少,但很粗暴,她说她的城市太特殊了,面对它是一种慌张。一切都模糊、巨大,像个大石块压在前面,但也习惯了。她主动承认自己的小说总缺一个故事,"但对我来讲,那些很快消失的瞬间已经成了故事本身,已经让我觉得足够强烈。孤独不是故事的开始也不是结束,而是全部。"位于纽约的《出版视角》对路、于组合报道得相当积极,结语是"倾听这样的作家的声音很有意思,期待更多这种发现中国作家的机会"。

离那时又过了五年,出版《船在海上》的于一爽,已经是一个有十年写作史的人了。她还是坚持不讲故事。第一篇小说《船在海上》讲女主人公跟男人分手一个月后坐船去南极，为的是看鲸鱼和企鹅，但鲸鱼和企鹅在小说里全无描写。最让人期待的，是船上有一个高个子男人，好看，只是没有鼻子。鼻子呢？自始至终没有交代。想想也是，在生活里，我们也不会去问一个陌生人："你的鼻子呢？"但女主人公跟他喝了酒，在船上，船在海上。远行小说应该是公路电影的平行版本吧，关键都在于，不能把一路上的状态写塌了。这篇貌似什么都没有发生的小说让我读得感动，虽然我多年没跟人分过手了。

下一篇《良夜》也是如此，一个人死了，他的朋友们在追悼会结束的当晚聚在一起喝酒。死者是谁，怎么死的，生前跟大家交往如何，悲痛成什么样，全没提。把重化轻，把哀思化作良夜，大家就喝喝酒，说三两句闲话，然后坐电梯下楼散去……

可这些场景、心绪跟着我，绕着我，读完也散不去。为什么呢？

好小说都这样。

王竞

中西文化项目顾问、写作者、文学翻译家

2021 年 10 月 11 日，汉堡

目 录

船在海上 　　　　　　　　　　　　001

良夜 　　　　　　　　　　　　　　027

今晚，吹的是什么风 　　　　　　　052

你是否感到愤怒或者幸福 　　　　　073

塌陷 　　　　　　　　　　　　　　095

夜奔 　　　　　　　　　　　　　　123

古代人全身轻松 　　　　　　　　　146

朋友，你去过北极吗？ 　　　　　　173

人生何处不相逢 　　　　　　　　　195

后记 　　　　　　　　　　　　　　214

此书献给 够够、老公、爸爸妈妈

特别感谢 李炳青、靳卫红

船在海上

1

在甲板上，一直有人和郭一并排靠在栏杆上，有一点让郭一十分惊讶，从侧面看那个人，他的鼻子好像掉了一块儿。郭一不确定，也许只是角度问题，因为那个人很高，一直没有转过身来，如雕塑一般。甲板上还有躺椅和钢丝床，上面落了一些鸟粪、枯叶和灰尘，没有人坐上去，而且显然已经很久没有人坐上去了。郭一抬头看见一只信天翁，翅膀又窄又长，翼展三四米。除此之外，天空中更多的是一些追逐船的小海鸟，也许这些海鸟并不小，但因为飞得很高，看上去都像是微缩版，它们凑在一起发出刺耳的声音。因为船还行驶在海峡中间，并未靠近半岛和大陆，所以移动速度很快，海鸟追赶的速度也很快。唯一的信天翁很快就飞走了，郭一知道这类海鸟大多会被鱼钩钩住，溺水而死，每年有数十万只。真是一群傻鸟。她觉得它们很可怜。

郭一在一艘开往极地的船上。

船上的人并不多，约有一百五十人，三分之一是工作人员，这是她估算的。此前她还在介绍页上看见了这艘船的更多信息：

载客量：174 人，长度：107.6 米，宽度：17.6 米，吃水：5.3 米，冰级：A-SUPER，航速：15 节，载重：5590 吨。

船像一张纸片一样浸在冰凉的海洋中；还有船长的照片，他留着胡子，看上去正像一个船长应有的样子。他驾驶这艘船在极地往返了二十五年。看样貌，他应该很不喜欢和人说话，两片薄薄的嘴唇闭合在一起，远远看去，嘴巴就像消失了一般。

这艘船曾是军用船，上面安装了许多输送大功率电源的粗电缆、细长的无线电天线和核心设备——用于探测核潜艇的放射性探测器，船身包裹着一层厚厚的铝板，以防止敏感的通信系统被岸上的敌方窃听。

这仅仅是一些关于这艘船的故事，和郭一毫无关系，她更好奇旁边的高个子和他的鼻子。她已经在船上待了两天，但这艘船还没有穿越德雷克海峡，只有穿越这片海峡，才能抵达极地半岛。作为游客，她没法深入极地大陆进行科学考察，仅为观光，再发一些照片到朋友圈。

这是她能到达的边界。海上风大浪大，她在船上吐了两天，此刻缓解了一些。她来到甲板上，胃里已经没有东西可以吐了，鼻孔里灼热的气息结成冰粒，风从她的身边呼啸而来又呼啸而去。郭一深吸了一口气，将目光向远处投去，远处和近处一样，全是海水，船开过的地方翻涌起一层雪白的浪花。她想起一位朋友写的诗：

天上的白云真白啊，真的，很白很白，非常白，十分白，极其白，简直白死了啊。

这首诗写得好极了，只是说"天上的白云真白啊，真的"，并没有说有多白，她想，不喜欢这首诗的人是因为理解不到这首诗的意趣。比如何多，他就不能理解这首诗，甚至因为郭一理解了这首诗而觉得两个人终归不能一起生活。在地球的另外一边，此时，她想起两个人关于这首诗的争论，最后以何多的一句话收场，何多用手指肚敲击着桌面说："看我们两个人谁能笑到最后！"

郭一希望笑到最后的人是他而不是自己。

如果从地图上看，海峡的形状非常奇怪，很难让人相信这是洋流冲刷的结果，它更像是一颗行星硬生生把两个大陆撞开形成的，海峡长三百千米，因此被人类形容为"魔鬼才走的海峡"。如果没有特殊情况，明天的这个时候她将到达半岛。天上的云絮像塑料泡沫似的。她知道还有更寒冷的天气等待着她。

2

甲板上有人往海里扔面包,但大家看不见鱼,一定有鱼,海里怎么会没有鱼呢?面包撕得很碎很小,看上去撕面包的人有很多心事或者非常无聊。郭一喝了一口捧在手里的蜂蜜姜茶,为了取暖,也为了缓解呕吐的症状。姜的味道很浓,她只放了一丁点儿蜂蜜,蜂蜜没有完全融化在茶里,沉在了底部。她没有汤匙,也懒得搅拌,杯底的琥珀色让她觉得赏心悦目。天上正下着小雨,极地的雨很冷,雨滴落在手背上,有一种被电了一下的感觉。她想,应该争取这分分秒秒的时间再看看这片海峡。如果不能看出这一片景色和极地的景色有什么区别,那这趟旅行会无聊至极的。

就在这个时候,高个子转过身,郭一看清了,他的鼻子真的缺了一块儿,缺了很大的一块儿,可以说,鼻子的位置只剩下一个凹陷的轮廓。他白长那么高了!郭一想。并且她无论如何也想不到自己会在极地看见一个没有鼻子的人。男人对郭一点头微笑,然后离开。她感觉非常恐怖,不由自主地摸了一下自己的鼻子。

还有不少人在栏杆上等待鲸鱼。鲸鱼也许会来,也许不会来。她想到自己在海洋馆见过海豚,洁白的海豚,它的眼睛看上去总是弯成一条月牙线,怪不得被人称为"微笑大使"。但是她更想看看鲸鱼,凡是巨大的物体,都让她感觉神圣。

有几个阿姨支着桌子在甲板上打麻将。她瞥见一个胖阿姨吃了一个瘦阿姨的"五万",胡了一把"捉五魁",外加一个"幺鸡暗杠"。瘦阿姨说:"我带出来的钱都要被你赢完了!我还不如把钱丢进海里。"

郭一的身体大幅度地探向栏杆外面,海水拍打在甲板上,地面湿滑,一不小心就会掉进五千米深的地方,她使劲攥住自己的小书包,害怕手机会掉进海里。手机已经两天没有信号了,她知道,它之所以没有信号是因为自己没花钱买信号,可手机无论如何是不能丢的。五千米是什么概念呢?大概就是两座华山叠放着扔进去也看不见山头。两大洋在此交汇,因此形成了著名的风暴。全年的风力都在八级以上。郭一想,八级?没概念。她没有见过台风,她生活在北方一座干旱的城市。有一年谣传台风会来,她趴在阳台上等了一天,后来又说不来了。她曾经还计划去沿海城市等台风来,后来没能实现,所以到如今,她都没有看到过台风。

3

在船上的生活很规律。每天早上七点,船舱的喇叭开始广播,喇叭是万无一失的,如果遇到紧急情况,所有人都可以及时听到消息逃生。离郭一的船舱最近的逃生路线在前甲板，她已经做过了三次演习。八点到九点是早餐时间，此次船员多是印度人，所以印度餐居多；午餐是中午十二点，晚餐是下午六点，分别有一个小时的用餐时间，如果到时间没去，食物就没有了。郭一没有带任何食物，她讨厌把方便面、火腿肠带到世界各地。她不怕饿，如果饿了就睡觉。船上没有信号，如果需要信号要自己买，一分钟十美元，她不想花钱买这个，十美元折合成人民币可以在她生活的城市吃一顿肯德基或者麦当劳了。当然，这艘船上的多数人都不会在乎十美元，就算十万美元他们都不在乎。郭一因为提前订票，才订到了价格优惠的船舱。她的随身行李很少，只带了军绿色的棉衣棉裤，很像小时候穿的那种棉衣棉裤，如今在城市中已经没有人这么穿了，网上的图片是一个穿着军绿色棉衣棉裤的冰柜管理员。

又在甲板上站了一会儿，她听见喇叭响，午餐时间到了。早餐都吐了，肚子很空，她第一个往餐厅走去，她不想等大家都来的时候排队，她不喜欢为吃饭排队，这会让她恨上食物。今天吃自助餐，郭一选好食物，端着餐盘来到窗边的位置。窗边可以看到波涛汹涌的海浪，她拿了很多食物，因为她不想再起来，她怕回来的时候没座位了，如果吃不完她打算用餐布盖上。盘子里的蛋糕紧紧贴着咖喱牛肉，旁边还有一些炸元宵，这是厨师们特意为中国人准备的。她刚落座，就看见高个子端着盘子走过去，她很想问问他的鼻子是不是出意外才这样的。他的个子实在太高了，要做一些类似鞠躬的动作才能从旋转餐盘上夹到自己要吃的食物。

她坐在座位上吃着磷虾，不时看向窗外，天上的云散了，只剩一片晴空。

磷虾非常非常小，它们能够忍受超过两百天的饥饿，甚至会出现负生长，所以通常成长两三年也不过长到五厘米左右，但保守估计总量在若干亿吨，这让郭一觉得自己在吞噬很大的生物。

高个子坐在了隔桌，并没有挨着窗户，他低头专心吃东西，看上去只想尽快把食物吃完。如果不是因为鼻子，他可以说长得非常帅。郭一想，他是不是因为长得帅才被别人打坏了鼻子？

很快，餐厅的人多了起来，胖阿姨、瘦阿姨和更多的阿姨坐了过来。广播里通知，因为风浪大，登岛的时间又要延后了。大家的失望情绪不言而喻，但没有人敢抱怨天气。郭一正在喝咖啡，不小心将咖啡洒了出来，她听见旁边的瘦阿姨说："听说，一年之中也就只有小半年的时间可以登岛，其他时间都不可以！"胖阿姨点头。

郭一觉得她们还是打麻将的时候更可爱，她快速喝掉剩下的咖啡，以免都洒出来。

饭后，郭一照例要在船上逛逛，否则她实在无事可做。船上有一间理发室，她走进去问价钱，理发师也是一个高个子，她忽然觉得有必要将这个消息告诉那个高个子。在自己的城市，一年，甚至十年，也碰不上一个高个子。大概两个人都有两米高。理发师正在扭动脖子，做一些颈部运动。

她问理发师："你是哪里人？"

"蒙古人。"理发师又问郭一："你是哪里人？"

郭一说："中国人。"

郭一打量着这间小小的理发室，也许整个行程都不会有人光临这儿。屋里只有一把椅子，墙上贴着三款发型的图片，男士的板寸，男士的中长发，中间还有一个女士的大波浪。图片上，三个模特的牙齿都很白。

郭一想问："你知道这个船上还有一个高个子吗？"其实，她心里觉得也许不止一个，如果有足够的耐心，她会发现两个，没错，现在不就是两个嘛！或者三个、四个、成百上千个也不一定。最后，因为她的英语不好，所以她什么也没说。

理发室旁边是一家小小的超市，里面卖一些方便食品和极地纪念品，还有一些纪念品被锁在玻璃柜里，听说是一些极地艺术家做的限量版，它们价格不菲。

她无事可做，只能重新回到自己的船舱。她的船舱被刷成蓝色，这让她感觉像身在海底。她在一张便签上写："今天看见了两个高个子。"便签是船舱免费提供的。昨天她也写了一句话："何多在分手后从来没有联系过我，我也没有联系他。"

船舱的四周都是镜子。如果有镜子,人怎么会孤独呢?郭一把昨天喝过红酒的杯子扔在水池里,她想此时此刻最孤独的莫过于水池里的杯子了,它已经从红色变成了淡红色。她感觉不到船有一丝一毫的动静。

床头挂着一幅企鹅图,企鹅穿了西服,打了领带,目光朝下。郭一躺在床上,正好与它的目光对上,她从没想过自己有一天会和一只漫画企鹅对视。大概是因为在极地见过太多正常的企鹅了,所以船员特意准备了西装革履的漫画企鹅。她想,这幅画也许来自中国,某些小镇的人就以制作这种画糊口。因为企鹅很矮,所以只穿了西服上衣,没有西裤,上衣一直拖到画面的边缘。

她知道,如果这只企鹅忽然说话,她也不会太惊讶。

毕竟,此地最多的就是企鹅,可以说,没有看见就已经闻见了。据说,企鹅最早是会飞的,后来它们不再需要飞,因为游泳可以让它们捕获更多的磷虾。它们光滑的羽毛内保留了一层空气层,既可以增加浮力,也有助于隔绝极地冰冷的海水。仔细观察会发现,它们的脚和耳朵都变得非常非常小,这是为了减少热量流失。

卫生间里还有一幅西装革履的漫画企鹅图,卫生间的门很沉,下面还开了一个洞,类似小猫小狗爬进爬出那样的装置,卫生间的玻璃有一条裂纹,闪电一样四散,但并没有碎。

她忽然明白一件事,自己是不是在极地都无所谓了。

她把两幅画调换了位置，卫生间的摆在了床头，床头的摆在了卫生间。

在狭小的空间中，她的身体发麻，她觉得自己已经很小了，简直可以从门下的洞爬进爬出。

她打开网络，这意味着她要花十美元买信号了。何多的微信消息就在这个时候发过来了，他说："不要在你的诗歌里写我！我不重要！"

郭一感觉自己已经变成了一只可怜的猫，只想找个洞往里爬。何多应该很愤怒，他打的字后面竟然加了叹号。

离开那座城市之前，她在一个公众号上发了一组诗歌，内容多是一些爱恨情仇，可是她发誓，没有一首是写给何多的，更没有一首是写他的。

太可笑了！男人这么自恋吗？

她还没有回复，何多又发了消息过来："我真想咬你。"

郭一不敢相信自己看到的，这是什么意思？他是真的想咬我吗？咬哪儿呢？不会咬鼻子吧？他们分开一个月了，互相还在恨对方。她用手按了按自己的鼻子，实在想象不出来如果没有它会怎么样，也许应该问问那个高个子，但她不会这样做，也不能这样做，因为人不能自己咬自己的鼻子。想到与何多恋爱的时候，他们两个人经常互相咬对方的鼻子，或者互相闻一闻，就像小动物在辨识彼此。

鼻子咬掉了，还能不能接回去？

她记得原来在晚报上看过一篇报道：一个男的不小心

切掉了手指头（也许是最重要的大拇指），慌忙去医院，因为太着急，把手指头忘在了家里的菜板上，赶快回去拿，因为太着急，又忘在了出租车上。她不知道这篇报道有什么意义。

在郭一看来，何多似乎已经精神错乱，因为他又发了一条消息，说："我梦见你了。每天打开门又是一扇门。"

郭一想，在地球的另一边，现在是夜里，也许他真的梦到自己了；也许自己才是精神错乱的那个人。我还在渴望什么？

她关掉网络，不再想与他有关的任何事。

在船上，每天的生活都一样，她每天穿的也都一样，秋衣秋裤、外衣外裤、毛背心、大衣、手套、围脖、帽子，还有两层袜子，把自己包裹得严严实实的。船舱的天花板很低，因为狭小，四周装了镜子。她摸了摸镜子，冰凉的感觉传入指尖。

她大部分时间都在自己的船舱，除了吃饭的时候，或者下船的时候，有时候吃饭前后会去周围走一走，她总怕碰见什么人，担心有人和自己打招呼、问东问西。

郭一喜欢在自己的船舱里喝酒，酒是从餐厅买的，她每次只喝一点点。

广播又响了，工作人员说他们可以驶入一个类似海湾的地方，然后坐上橡皮艇看鲸鱼，因为这个地方经常有鲸鱼出没。郭一开始穿衣服。她有点后悔喝了酒。还有橡皮鞋、救生衣要去更衣室穿。救生衣是一次性的,如果打开就不能收回了,打开的方式是吹一下前胸的哨子。哦对了,还要戴上墨镜,这里的紫外线很强,必须做好措施。之后统一做生物消毒就可以下船了,十个人坐一个小艇。

上艇的时候,高个子正好坐在她的对面,这多半是一种巧合,工作人员要求刷卡上艇,便于统计人数,她有机会近距离观察高个子的脸,这带给她的乐趣超过了看鲸鱼的乐趣。另外,她可以从这个角度看见他们的探险船,船头在呼呼地冒着白色蒸汽。她想起一句诗:"船在海上。"

但四周并不是雪白一片,山脊上长出一层绿色的植物,成百上千年才长一厘米。它们紧紧贴着地皮生长的样子有点像何多之前剪的板寸发型。这个时候,导游说:"这里最多的是座头鲸,它们都是成群出现,用鳍拍打水面,跃出水面。"所有人都在期待,只是不能确定它们会在哪里出现。大家都很安静,没有人发出声音,没隔多久,大家听到了鲸鱼的声音。高个子穿了很多,脸都被围巾盖了起来,缺了一块儿的鼻子更明显了。郭一忽然觉得自己的衬衫系得太紧了,呼吸有点不畅。她摘下手套,松开了两个衬衫扣子。大概一年前,她与何多在东南亚的一座海滩度假,碧海、蓝天、椰风、树影,一切都和明信片上的景物一样,那里的气候和这里的寒冷正好相反,那里是无比燥热的,不知道从哪里走过来一只耕牛,慢悠悠地,那种只有在水田才可以看见的耕牛,四周的人包括何多都无动于衷，好像只有她看见了。此时此刻，她也有这样的感觉。

鲸鱼、四周被水包围的冰、一个人残缺的脸，古老的、巨大的、永久的，甚至也许是邪恶的、消亡的、一无所有的，不知道为什么让她着迷，她觉得非常感动。艇上的其他人在拍照，听着不断浮现的按快门的声音，郭一连手机都没有拿出来。高个子偶尔用手机拍照，更多的时候就坐在那儿静止不动，他的鼻子比成千上万的完美鼻子更吸引郭一。当她这样想的时候，橡皮艇摇晃了一下，就像是被一头座头鲸拱了起来。橡皮艇两侧的人离得很近，郭一下意识抓住高个子的大衣角，橡皮艇开始剧烈地摇晃。

"往回开，都坐好！"

导游的一句话将郭一的思绪拉回来。她不再看高个子，倒是高个子一直盯着她。她拢了拢被风吹乱的头发。下艇的时候她踩到一个东西，低头一看，是一只死鸟，它的毛已经被踩没了。她想，这并不是她一个人踩的结果，她把鸟捡起扔进了海里。一点水花都没有泛起来，很难想象它曾经拥有过生命。

因为今天天气很好，所以才可以出海看鲸鱼。

这里真美，但有什么用呢？郭一不得不这么想。就像她不得不暂时来到这里一样，离开原本的生活，然后再像传送带上的行李似的被运回去。

"听说你是一个作家。"回到公共区域之后正准备喝蜂蜜姜茶的郭一被导游拦住问。

"谁说的？"

"我们肯定有自己的渠道。"导游吹了一口滚烫的茶，茶面上泛起了波纹。郭一把茶杯抱在手里，感觉很温暖。看着四周来来往往的人——有人下船了，有人要上船。

"我们肯定有自己的渠道。"她反复咀嚼导游的这句话。

"没有名气的作家。"郭一说。

"我不是这个意思。"

"我真没有名气。"

"那你写过什么？我拜读一下。"

"等我写了更好的再告诉你。"

"我看你不和别人说话，是不是作家都这么有个性？"

"我真的不是作家。"

"反正我觉得你挺有个性的。"

"我就是不爱说话。"

"你写什么的？"

"我真不是作家。"

"谦虚！"

"我不是谦虚。"

"那怎么能当一个作家呢？"

"等我当了再告诉你。"

"你要是需要拍照可以喊我。"

"哦。"

"我看你不拍照。"

"嗯。"

"你太有个性了,果然是一个作家,作家是不是可以描写这种景色?"

"也不一定吧。"

"我就没读过什么书,你是我认识的第一个作家。"

"等我真成作家,你再叫我作家吧。"

"那你都写了什么作品呢?"

"没写过什么。"

"爱情小说?"

"也不是吧。"

"那你回去好好描写描写极地的景色,争取让更多人来。"

"啊。"

"是不是作家都不喜欢和别人聊天?昨天晚上我们约好了一起喝酒,你也不在。"

"我不会喝酒。"

"那多没灵感啊!我现在和你说话是不是有点打扰你?"

"没有。"

"能不能晚上和你一起在餐厅吃饭,我和你请教一些写东西的事情,我真的没见过作家真人。"

"请教?"

"你们作家都不愿意承认自己是作家。"

"你说是就是吧。"

"你觉得我能当作家吗?"

"都能当。"

"哈哈。"

"我就一直想写我身上的事,特别传奇。"

"我就没什么可写的事。"

"那你把我的传奇的事写了吧。"

"啊?"

"你要是写了我请你喝酒!哦,对了,你不会喝酒。那当作家能养活自己吗?"

"我真不是作家。应该不能。可能有人能,我不能,因为我不是。"

"那我晚上吃饭给你讲讲我的事。"

"这样啊……"

"别嫌我说的没意思。"

"不会。"郭一说,但她其实在想,我一定觉得你没意思,因为多数人都没意思,我也没意思。

说到这里的时候,导游的茶喝光了,他起身说:"我不能再陪你喝了。"

郭一手里的茶已经凉了,她还一口没喝。茶水里能映出自己的脸,她觉得这副笑容很陌生。

导游走了两步又转身回来说:"那我加你个微信吧,

我还没加过作家的微信呢！"

郭一忽然感觉这个人有点讨厌，就说："可我不怎么发消息，也不怎么看。"

"你扫我还是我扫你？"导游边说边找出自己的微信二维码，说："你扫我吧。"

郭一扫描了，导游通过郭一的申请后快步离开，还说了一句："晚上餐厅见。你看上去心事重重，可能你们作家都这样。"

"可能你们作家都这样。"这句话听上去很刺耳。

郭一打开导游的朋友圈，签名是"收集地图上每一次的风和日丽"，昵称是"开心果"。

寒冷，让人对一切失去热情。外面的雾气忽然浓重，让人不知道浓重的雾气中有什么，好像从这个门走出去就会撞到。导游看上去很年轻，和年轻人称兄道弟让郭一感觉吃亏。于是她将朋友圈设置成了彼此都看不见的。

当这一切结束之后，她发现高个子也在旁边喝茶，大概所有上船的人都在这里喝茶，不然还能去哪儿呢？郭一起身把冷的茶倒掉，又去倒了一杯，然后坐到高个子对面。这是她第一次想主动和别人说话，她感觉自己的身体变得很轻盈。

她不相信这几个字是从自己嘴里发出来的，她问高个子："你觉得极地有意思吗？"

她知道这么问是因为自己觉得没意思，至少目前为止没意思透了。她甚至不知道这样的日子什么时候能结束。打招呼之后，她又责备自己为什么要去和一个没有鼻子的人说话。

高个子说自己来过很多次，这里是他的挚爱。

很少有人用到"挚爱"这个词。郭一反反复复咀嚼这个词。她都快忘记"挚"字怎么写了。

"挚爱？"她重复了一遍。

"你别笑。"高个子说。

"如果你不说，我感觉这个词就再也不会有人说了。"郭一又念了一遍，"挚爱"这两个字让她的心一紧，就像一张塑料纸被揉成一团。人应该在这个地球上挚爱一些什么，哪怕是一只企鹅。来到极地，她打算找一只自己挚爱的企鹅。但在没有找到之前，真的没意思透了。她很快就忘记了刚才看过的鲸鱼。

看上去，高个子不喜欢说话，也许是因为不喜欢别人看见他的鼻子。

郭一把头抵在冰凉的窗户玻璃上，玻璃传来引擎的震动。她在玻璃中看到的自己，比镜子中看到的美一些，但依然说不上是那类有美貌的女人，尽管她早就习惯了，但多少有些遗憾。想到遗憾的事情她就习惯性地把手背放在鼻子下面闻一闻。

"我的鼻子什么都闻不到。"高个子说。

郭一想换个话题，因为她不想就这个话题展开讨论。

于是郭一说:"你个子真高。"

但她知道自己说错了,她应该问:"你的鼻子怎么了?"

高个子只穿了一件短袖,也许喝了茶之后觉得很热。看上去,他仿佛不是在极地,而是在东南亚的某个沙滩上,看到的是椰树影子、碧海、蓝天、耕牛。

郭一很想摸摸他的鼻子,准确地说,应该是高个子鼻子缺失的部分,但她又害怕有某种不祥之兆。

高个子把剩下的一口茶喝完,说:"我都习惯了。"

郭一不知道他说的是什么意思呢?她就这样盯着高个子看,看上去就像马戏团的演员,那些因为身高原因而被招进马戏团的演员。一直抵在窗户玻璃上的头很凉了,鼻息处有水雾。

高个子起身,和她挥了一下手,好像是去放回茶杯,也可能没有挥手,只是动了一下手,两个人离得很近,中间是一个茶几,可是郭一感觉他很遥远。阳光照在茶几上,还有一部分照在脸上、手上,人就像漂浮在水面上。大概所有人都应该感到心满意足吧。

海上的水汽笼罩着这一切,郭一想到了一只硕大的毛毛虫。这感觉让郭一想到自己上小学的时候,有一天在游乐园,那种有马戏团的游乐园,一个叔叔请她吃冰激凌,她没有吃。叔叔自己吃了,后来他又吃了两根,一共吃了三根一模一样的冰激凌,之后给了郭一五十元钱,那是在1991年。叔叔说:"你真像我死去的女儿。"不知道为什么,从那句话之后,郭一就感觉自己已经死了,而且感觉自己值五十元钱。但为什么一个死了的人又活了很多年?

很快,高个子又坐回来。

郭一很感激他没有问那些傻问题,也没有说无聊的话,比如他没有像导游一样说:"一个人出来多没劲。"

郭一想,就这样,真好,可以说,也可以不说,企鹅就从来什么都不说。

她也从来不会觉得一个人没劲,要是没劲,两个人在一起才是真的没劲,而一旦"没劲"这两个字从另外一个人嘴里说出来,就真的挺无聊的。一个人能感觉什么是有劲的、什么是没劲的,那多半是一个有意思的人。不知道为什么,她觉得高个子正是这样的人。人可以生活在这里,也可以生活在那里;可以是自己,也可以是天上的鸟、水里的鱼;可以完整,也可以残缺。一切都可以,就不会再有没劲的事情出现了。高个子就是接受了这一切的人,甚至可以说,他是从接受自己残缺的鼻子开始接受了这一切。郭一想,要是自己有一个这样的鼻子,自己还会来极地看企鹅吗?或许她干脆变成一个非常放肆的人。

两个人就这么坐着,郭一发现这里还有苍蝇。

于是她问:"极地会有苍蝇吗?"

"除非是从北京和我们一起飞过来的。"高个子说。

郭一看见这只苍蝇的翅膀轮廓若隐若现。小翅膀抖动着,很辛苦。

"你是第一次来吗？"高个子问。

郭一点头，她可没有多余的钱再买一次船票，她更不知道什么样的人会再来一次。她觉得，极地来一次就够了，美是真美，无聊也是真无聊。这就像形容某一类女人，但绝对不是她这类女人，因为她不够美。何多有一次说："我也不知道自己看上你什么了。"但因为当时两个人还在热恋，郭一很自然地将这句话理解成一种撒娇。她现在才恍然大悟，也许何多说的是真的。想到这一点，郭一的后背发热。

整个下午的时间都被延长了，两个人一共也没有说上十句话，没有鼻子会影响说话吗？郭一忽然提议说："我的船舱还有酒，你喝吗？"这句话说出口之后，她又担心会不会造成什么误会。高个子说："行。"

到了船舱之后，郭一给餐厅打电话说自己晕船，让服务生送过来一点切片面包。

十分钟之后，服务生送来了切片面包、小圆面包，还有黄油和果酱，用一块餐布盖住。可以说，这一切真像那么回事儿，但要是有涪陵榨菜就更好了。

"人没了鼻子能活吗？"两个人大概喝了半个小时之后，也许是一个小时之后，郭一忽然问。狭小的船舱里没人感知时间的流逝。郭一坐在沙发上，高个子坐在地上。高个子没有回答，因为她问出这个问题显然很愚蠢，他不就是活的吗？他正坐在郭一的对面，她想到何多给自己讲过的一个故事,何多在法院工作,他故事的主人公正是他的同事——一个女法官。女法官的两个孩子被谋杀了,在法庭上,女法官忽然冲向嫌疑人,开始咬所有她能咬到的地方。

人到最后一步能做的就只有这些。

两个人自始至终没有碰杯,碰杯的时候酒会洒出来,郭一不舍得浪费。

"这个船舱不舒服,每天夜里睡觉都感觉晃。"郭一说。

"我睡哪儿都行。"高个子说,"我年轻的时候经常睡防空洞,因为离家出走。"

"为什么离家出走?"

"不知道,可能是因为年轻,这一次也算离家出走。"

"但是还得回去。"郭一说,"我就没离家出走过,哪怕一次都没有,小时候不敢,偶尔想过,又想真这么做我爸我妈准会哭瞎眼,后来大了也就不想了。"

接下来又是很长一段时间的沉默。郭一用手抠果酱。她没有碰小圆面包,否则会让她有一种坐飞机的感觉。

"我给你讲一个考察站的故事吧。"高个子说,很突兀,而且他显然不会讲故事,"我忘记是哪个国家的考察站,一个驻站人员,他在那里工作了一年,第二年终于可以回国了,但因为没有人接替他,他只能继续留一年,于是在一天夜里,他将考察站烧了。大概是五十年前的事情。我想起来了,可能是英国,后来他就回到了英国,蹲了监狱,妻离子散,大概这样。"

"后面的就没意思了。"郭一说,"但前面的很有意思,就是疯了的那个部分。"郭一感觉,高个子大概一直想找一个人把这个故事讲出来。

"后面的内容让这个故事变得很合理。"高个子说。

"我觉得前面的更合理。我受不了在这里待一年,我从上船的第一天就有一种感觉,我要下船,尽快下船,一旦开出去就从哪儿都下不去了,除非跳下去,可我不会跳下去,我怕冷。"

郭一说出这个"冷"字的时候,真的感觉有一股冷意,她缩缩肩膀。

"你为什么给我讲这个故事呢?"郭一很怀疑,有点恐惧,她想,他要干什么?这个故事和鼻子有什么关系吗?

酒很快喝完了,因为无话可说,两个人分别看了一眼自己的手机,但是郭一的手机没有信号。她感觉此时此刻,两个人应该分别看一眼手机,然后心满意足地说:"我的老婆(老公)没有给我打电话。"也许高个子有老婆,但郭一真的没有老公。因为只有这样心满意足地说上一句之后,他们才会意识到真的应该各回各屋了。

高个子临走的时候说:"要不要我帮你把空瓶子拿出去?"

高个子走后,郭一打开手机,她忍不住给何多打了语音通话,如不借着酒意,她觉得有意思的事情也变得没意思了。电话里的电流声,有一丝遥远空蒙,她感觉就像一只不存在的野兽的舌头在舔舐自己。响了几下之后没有人接听,郭一没有再等,挂断,她想得非常荒诞,她觉得何多一定不敢接。挂断之后,何多发微信过来了,三个字:"有事吗?"郭一回了一句:"你没有资格骚扰我,你又不是我的挚爱。"然后就把他拉黑了。说出"挚爱"两个字让她感觉大好。

何多不能告诉郭一什么是真的,郭一也不能告诉何多什么是可笑的。她反复咀嚼"挚爱"这个词,觉得终于将它说出口了,她知道也许舱外最后一丝天光已经消失了,但她看不到。

之后,郭一在沙发上睡着了,还做了一个梦,梦里自己一边想事情一边数地上的瓷砖,忘了梦里想的是什么事情、什么地方的瓷砖,她就记得自己在想事情,也不是重大的事情,但是若有所思,梦里很清晰;瓷砖是正方形的,很多正方形又拼成一个更大的正方形。

4

第二天一早,外面的太阳浑圆臃肿,看上去更像一个太阳。在餐厅,她又碰见了导游。

郭一说:"昨天晕船。"

导游说:"怪不得没看见你。"

郭一说:"我一会儿回去还要躺着。对不起啊。"

说着郭一站起来,她没有回船舱,而是去了餐厅的洗手间,她把马桶盖掀起来,裤子没脱就在上面坐着,马桶和门的距离合适,正好可以睡一会儿。

她想,如果一切顺利,今天她就可以近距离接触企鹅了,虽然不少人警告她企鹅非常臭。她想和一只企鹅拍照,因为穿了一件绿色的衣服,她觉得自己更像一只绿色的企鹅。但是她也有一丝丝紧张,她不知道会不会有一只企鹅配合自己拍照,万一等一切都准备好了,企鹅自己走掉了或者被更多的企鹅挤跑了,怎么办?有人敲门,她不敢应答,她担心是导游,又过了一会儿,敲门声更猛烈,她起身按了冲水,出来的时候发现是一个准备打扫卫生的船员,她说了句:"对不起。"很卑微。

她来到顶层,顶层更贵,她还没有来过,船舱下面有一个大吧台,顶层有一个小吧台,更小,但是有几个巨大的真皮沙发和一架钢琴。郭一发现,小吧台的地板都是正方形的瓷砖。这很难不让她想到昨晚做的梦。唯一的不同是梦里一点声音都没有,她是默片里的主人公。胖阿姨和瘦阿姨也在这里,阿姨们的旁边还有一个小女孩,大概没到上小学的年龄,郭一想,她真幸运,小小年纪就能周游世界各地。小女孩拨弄琴键,郭一听出钢琴很久没有调过音了，大概从这艘船建造之后就没有调过了。她已经没有那么期待见到高个子了，因为就算是在一起，她也没有把想说的话说出口，那些好奇的问题已经消失不见了。小女孩并不认生，大概是郭一也长了一张娃娃脸的原因。小女孩走过来说："姐姐，你可以用红被子、灯塔、列车、大戒指给我讲一个故事吗？"

郭一摸了摸她的头，不知道她是谁，也不知道她为什么在这里。她想问小女孩是怎么想到这几个词的。

郭一重复这几个词：红被子、灯塔、列车、大戒指……她毫无思路，而小女孩仿佛并不在意她的答案，只是想逗逗她。她闭上眼睛，感觉钢琴那边传来了一首温柔的乐曲，这让她获得了片刻的宁静。她坐在一艘船上，这艘船正在驶向地球最寒冷的地方。她想，很快自己就会适应船上单调又无趣的生活。人应该好自为之。

片刻之后，她感觉解脱了，因为愤怒无处发泄而感觉解脱。她给导游回了微信："我不是作家，我是诗人，给你看看我写的诗。不知道合不合你的胃口。"

发送之后，她摸了摸自己的鼻子，她一直觉得自己的鼻子不是很漂亮，很塌，戴上眼镜多半会掉下来，当然，也没必要很漂亮。

但是这一切又有什么区别呢？

良 夜

1

天色渐晚。

余虹在出租车上已经模糊睡去。到的时候七点,大家约的五点,她晚了两个小时。在这座城市,或者说她要见的这类人,即便晚二十个小时都没有问题,所有的时间终将伸展成一个无尽的时空。

清晨的葬礼她没有参加,其他人早早起床参加葬礼,他们约定晚上五点一起去赵年家吃饭。其中包括:编剧赵年、余虹刘波夫妇、作家章皮、作家李亮。不过在章皮看来,李亮不能算作家;在李亮看来,章皮也不能算作家。至于这个世界上谁算作家,他们并不关心。

余虹到的时候,只有刘波和赵年在,他们旁边还有一个胖姑娘。胖姑娘正在逗赵年家里的两只大猫,它们在地上打滚,赵年根本不需要擦地了。看着胖姑娘,余虹想,她一定非常喜欢孩子。余虹先和胖姑娘打招呼,她感觉她们也许在什么地方见过,虽然她很胖,但可以看出她非常年轻,是那种年轻人才会有的胖,一旦瘦下来就证明老了。

赵年家很大,这是大家聚会总来他家的原因,外加交通方便,紧贴二环,便成了作家的集体宿舍,这也是赵年认识不少作家的原因。在赵年看来,章皮、李亮当然是作家,大概在编剧眼中,很多人都算作家,因此余虹简直不好意思承认自己也是作家了。幸好刘波不是作家。另外,赵年的父亲也是作家,当年他分到一间集体宿舍,后来又分到一间,于是打通,就是现在余虹看见的这个大房子,足足有两百平方米。赵年平时很少来,他通常住在郊区的别墅,只有朋友们说聚聚的时候他才来,像是专门为朋友们弄了一个大房子似的,如此也可窥见赵年在这群朋友中是生活条件最好的,这多半是因为他是编剧而不是作家。

余虹和胖姑娘说了一句"嗨"之后就再也不知道说什么了,胖姑娘更喜欢玩猫。赵年夫妇是丁克,如今年龄大了就算想不丁克也没办法,但是赵年夫妇感情尚好,结婚十年,不断地养猫。他们的人生感悟是:当时不结婚也可以,因为没必要;现在离婚,也没必要。

不知一对感情尚好的夫妇为什么有这么深刻的感悟,看来养猫是必要的。赵年说,连他的猫都会写剧本,他的意思是,连他的猫都比不少编剧写得好,当然这并不包括他自己。

赵年的金边眼镜总是越过鼻梁,架在扁塌的鼻头上,他的皮肤白皙,眼睛总是笑眯眯的,看上去真的是一个好人,也可能是这些年在专心修佛的缘故。他同章皮老婆是佛友。

　　赵年和刘波在客厅坐着,可以用端坐来形容他们的姿势。窗帘挡住了外面的景致,其实也没有什么景致,就是一些红绿色的车队。余虹走进去的时候都为他们两个人尴尬。为什么要端坐呢?客厅四周放满了佛像,就像一排保卫者。中间放一个长条桌案,可以围十把椅子,对着放四把,两头各放一把,赵年和刘波各坐在两头的椅子上,看上去在进行一场旷日持久的谈判。余虹进去的时候,两个人都没有说话,客厅很暗。余虹了解自己的老公,他平时在家里也几乎不说话,就算不说话,刘波也不会感到任何不适,当然赵年也不会不适,因为他是修佛的人。

　　只有余虹感觉不适,于是她问:"人呢?"

　　她问得自然,好像那些人不在也很自然一样。但她感觉有些怪异,章皮特意在短信里叮嘱大家一定要来,此刻倒是他自己不在,连李亮也不在。李亮和章皮看上去像一个人被分成了两个部分,可以理解成,李亮没有分到的部分被章皮分到了,比如一些肥肉;而章皮没有分到的部分被李亮分到了,比如一些女人缘。

　　"他们一会儿就到。"赵年说,"刚才都在这儿,刚走你就来了,章皮回家给他父亲过生日,一百一十岁大寿,他说喝一杯酒、吃一口蛋糕就过来。"

　　"哦。"余虹答应了一声。"刚走你就来了"这句话尤为刺耳。她坐到长桌中间,看上去像是为了维持两边的平衡。三个人构成了一幅静态画面,胖姑娘和猫构成了一幅动态画面。也许其他人都不需要再来了,无论谁来都会破坏这个画面,包括那些不计其数的佛像。

余虹刚坐下,屁股还没坐热,胖女孩就说自己要走了。说的时候一只手抱一只猫,看上去也是十分平衡的。余虹再次感觉不适,总是自己刚来别人就走,难道这个空间里只能有一个女人存在?

"再坐会儿。"赵年礼貌地说。

因为赵年太礼貌,余虹感觉十分搞笑。进而感觉赵年和胖女孩也不熟,否则怎么能这么礼貌呢?也许不用感觉,是一定不熟,不然为什么每次见赵年都没有见过胖女孩呢?只有葬礼这次才见到胖女孩。那么可以推断,胖女孩是死者王抱的朋友?

"我要走了。"胖女孩说,"我约了文身。"

赵年抬头看墙上的钟,正好响了七下。余虹意识到自己的手机走快了,现在才七点,还以为早就七点了呢。赵年说:"七点还文身?"

胖姑娘把猫放在地上,猫尖叫着跑到其他屋,有一种解脱的感觉。胖女孩拿起大衣和余虹刘波夫妇说再见,她并不知道这对夫妇的真实姓名。她就这么走了,赵年永远都想不明白为什么有人会在晚上七点去文身。

房间里只有三个人了,还有两只猫,余虹也不知道猫是公是母。

赵年说:"章皮说就去二十五分钟,他爸家离这边很近,他说用二十五分钟喝一杯酒、吃一口蛋糕足够了,还能唱一首生日歌呢。"

余虹想,是啊,以章皮的酒量,二十五分钟足够醉了。别说一杯,一百杯都可以。他多半已经醉了吧。一个喝醉的人还会来吗?他还会记得自己说过的话吗?

赵年又看了看表,说:"已经过了二十五分钟了。"

"过了二十五分钟了啊。"刘波也看了看自己的表说,好像这个屋里只有他的表最准时。刘波是一个沉默寡言的人,这也是余虹看上他的原因,因为她相信一个沉默寡言的人一定是一个实干家。刘波最常做的就是重复别人的话,比如刚刚那一句。于是,搞得余虹也不得不看自己的表,她说:"我的表七点零五了,他们是六点四十走的吗,你墙上的钟都快七点十分了。"

"我的表也是七点零五。"刘波说。赵年起身,去拨动墙上的钟,他说:"这个钟是老古董了。"他这样说的时候,墙上的钟又响了。余虹伴着钟声打开红酒,十分有仪式感。橡木塞往外拔的瞬间发出清脆的一声。她说:"一百零一岁了啊。"

"我们先喝一杯?"她提议,听橡木塞的声音就是好酒,但她没有说,万一不是好酒呢?长桌上还有一些零食,赵年很喜欢嗑瓜子,余虹敢说他是中国编剧里最喜欢嗑瓜子的。赵年只嗑原味瓜子,他不喜欢用香料炒过的。赵年吃什么都喜欢原味,记得有一年除夕,大家聚在一起吃饺子,赵年用筷子挑开一个饺子皮就说:"肯定又放五香粉了。"当时其景,余虹如今回忆起来还觉得令人十分讨厌。

想到这里,她看了一眼赵年,好像因为自己的讨厌而十分抱歉,她感慨赵年长得真像一颗南瓜子。余虹独自喝了一口,刘波从不阻止她喝酒,可以说他们就是因为喝酒才走到一起,两个人都喝多了就决定结婚。她又喝了一口,如果再喝一口这杯酒就没有了,但并没有什么着急的事等着她。

过了五分钟,墙上的钟又响了起来,赵年刚刚把它往前拨了五分钟,现在响的还是七点的。余虹感觉时间都被复制了一遍。刚才的那一口酒要从胃里吐出来,心里已有的想法都需要再想一遍。刘波在离她较远的地方喝了一口,看上去正是一对夫妇才会有的那种默契。刘波的酒看上去没怎么喝,甚至越喝越多,余虹怀疑他是不是吐进去一些,这让她感觉恶心。他们这对夫妇很少在公开的场合坐一起,这样有点不正常。

赵年因为半年之后要做一个心脏手术所以没有喝酒,他目前正在接受中医疗法,换句话说,如果中医疗法奏效,那他半年之后就不用做手术了。因为那将是一个非常恐怖的手术,所以大家绝口不提。

赵年端着一个茶缸,茶缸上面写了三个字——"多喝水"。

余虹猜这个茶缸一定是赵年老婆给他买的，因为赵年老婆喜欢买一些看上去"萌萌哒"但是没有用的东西。也许这也是他们维持多年夫妇关系的方式。

"今天上午怎么样？"余虹问。一边说一边又开了一瓶，长桌上放了好几瓶红酒，都是不同的牌子，看上去是不同朋友带过来的。如果一个讲究的人看到这些，会对这一切感到愤怒。

2

墙上的钟又响了两次之后，章皮、李亮都回来了。要是不醉，他们多半不会回来。李亮一直说个不停，好像对话是从电梯间延伸来的，或者是从马路上、从二十世纪……李亮一直对死亡的问题感兴趣，开始是对谈恋爱的问题感兴趣，后来是对死亡，在他看来，死亡的问题就是谈恋爱的问题，这两年达到峰值。进门之后他还在说："不知道王抱怕不怕死？"

章皮很不耐烦地说："你凭什么对这个问题感兴趣？"

两个人都像没有看见余虹一样。

余虹主动说："章皮，你爸真能活啊。"

章皮对这个话题没兴趣，他一定感觉自己更能活。章皮继续对李亮说："你对这个问题感兴趣，就像苍蝇对一坨屎感兴趣一样。何况王抱已经死了不是吗？你亲眼看见他化成一缕青烟了。"

余虹的醉意多了一些，她想，别夸张了！还青烟，就是一缕黑烟，还不是自己的黑烟，是混合着前面的人、后面的人，可以说是一个大通铺的黑烟吧。

"苍蝇不就对一坨屎感兴趣吗？我觉得没有问题。"李亮坐在余虹旁边和她碰了一杯酒后说道。他从桌子上随意端起一杯酒，并不知道是谁的。章皮坐在余虹的另一边。因为余虹的存在，他们根本不会吵起来。一切只是一场公平的存在学讨论。

"你以为你是苍蝇吗？"章皮说，"我就不把你比喻成苍蝇。"

余虹知道章皮讨厌比喻，如果有人把美丽的景色比喻成仙境，他准第一个跳出来破口大骂："仙境？你们谁见过仙境吗？还敢用仙境比喻。"

其实余虹想，她是见过仙境的。只要她愿意，她可以随时随地地见到仙境。

"我怎么就不能是苍蝇了？"李亮说，"我就是苍蝇，我就是对屎感兴趣。"

李亮凡事喜欢问个究竟，可以说他被"究竟"两个字害死了。

接下来，两个人干了一杯酒，章皮的酒也是在桌子上随便拿的。大概是他们下午喝剩的。

"死是大事。"章皮说,"人都会死,只需要知道人都会到这步就可以了,到此为止。"他说着把杯子使劲地放在桌上。余虹认为这个动作是让她为他倒酒。于是,余虹给自己倒了一杯满满的红酒,也给李亮倒了一杯满满的红酒。一瓶红酒就这样没了。她看着刘波杯子里的红酒,好像比刚才又多了。没错,他一定都吐到杯子里了。

"那还有不同的死法?"李亮说。

"所以这个不能分享。"章皮说。

赵年正在揉自己的肚脐眼儿,他最近接受的中医疗法主要是扎针,有几针要扎在肚脐眼儿上,需要不偏不倚。他一边揉肚脐眼儿一边看自己的手机,余虹想他可能又在看煎牛排视频了,如今他不能喝酒也不能吃牛排了。

"怎么就不能分享了?"李亮继续问。

"分享?哈哈。就是为了看别人的笑话呗。"章皮窝在椅子里,从上个月开始,章皮就被腰椎问题困扰,严重的时候大小便不能自理,这也让他第一次感觉自己老了。

余虹刘波夫妇都三十六岁了。他们买了本命年的红袜子,此时此刻正踩在脚下,因为穿了鞋,没人能看出来,尤其是没有被章皮看出来,章皮认为本命年穿红袜子会有灭顶之灾。余虹很好奇,是不是他经历过灭顶之灾。此外,她感觉章皮窝在椅子里的样子正好给别人提供了一些素材。从余虹的角度看过去,章皮像一团棉花,皱皱巴巴的。"棉花"开口讲话了:"对死亡我就三个观点,第一就是现代人每天生活在地狱门口。如果有一天，地狱之门突然打开了，包括你、我、他都别太奇怪。"

认识章皮的时间长了会发现，几乎每次在酒桌上，他都会冒出几句人生哲理。通常这次的哲理会和上次的哲理冲突，然后他会发展出第三套哲理，再用第四套哲理说明第三套哲理。一个不太聪明的人总是抓不到重点，但这都是可以理解的。

章皮接着说："第二，古代人对死，哪怕对'死'这个字，都比现代人通达，连'视死如归'这个词对古代人来说都是多余的。可以说，古代就没有'死'这个字吧。第三，就是当代生活里比死更折磨人的事情太多了，所以死不是唯一可怕的。"

"人死了，你们开始谈论死。没劲！"赵年停止揉肚脐眼儿，搓着手说，"我们现在谈论死，不算打扰王抱的灵魂吗？"

"那也得有灵魂。不过王抱肯定是有灵魂的。"章皮看着天花板说，"王抱，对不住了。总之我就是说，人需要和未知在某种程度上达成和解或者寻找到一个可依靠的力量。死亡是一个事实，你比我们都先了解到这个事实。"

"那咱们就喝一杯吧。"李亮说。

余虹想，李亮这话说得非常好，无数的死亡汇成一句话——"咱们就喝一杯吧"。几个人渐次举起杯子，余虹喝掉了杯中的一小口，又给自己倒了一大杯，一饮而尽。

章皮又说话了，因为喝酒有底气，忽然不像棉花了。他说："要是李亮死，我肯定不哭，起码喝酒庆祝三天。"

　　"我呢？"赵年说。

　　赵年说完又觉得很不妥，这里面最容易死的好像就是他了。

　　"我呢？"余虹赶在章皮回答之前问。

　　章皮说："要是你死了，我就给刘波再找一个漂亮的女的，会拉小提琴最好了。"

　　刘波在长桌的最远处，看上去很无害。好像章皮是自己的介绍人一样，另外他一定不知道为什么要找一个会拉小提琴的。会弹钢琴不行吗？会弹古琴不是更好吗？他这样幻想着，好像余虹已经死掉了一样。

　　就是这样，越好的朋友离开，章皮越要喝酒庆祝三天，大概只有不熟的人他才会哭一哭。所以今天清晨，他一定没哭。

　　过了一小会儿，钟又响了，赵年说饿了，就点了火锅外卖。

　　刘波移动到余虹旁边倒了一杯酒，轻声和余虹说："我和王抱一点都不熟，我都不知道他是干吗的！何止不熟，简直就是不认识。"

　　"诗人！"余虹说。

　　她说完之后又觉得很武断，补充道："大概是个诗人吧。"

这只能让刘波变得更迷惑。刘波结婚后变胖了,只有一条牛仔裤可以穿,这条牛仔裤被他穿得又薄又脏,此刻就像一块破布一样裹在他的腿上。朋友们都说好的婚姻就是会让人变胖的,余虹只想感谢朋友们这么宽容。

当然,瘦是不错的,胖也没事;活着是不错的,死也没事;诗人是不错的,不是诗人也没事。宇宙就是一团雾气。

倒完酒,刘波又坐回了原来的位置,章皮忽然说:"夫妇也不要窃窃私语。"

章皮很喜欢主持大局,可惜一直活得太边缘。

3

就在这个时候,忽然有人敲门,余虹以为是外卖,起身去开门,打开之后简直不敢相信自己的眼睛。

"你怎么又回来了?"赵年问。

"看你们还在不在。"胖女孩说。她一定感觉这句非常幽默,自己还笑了起来,"不光还在,还多了几个人。"

余虹看见她的脖子上多了一只"小猫"。但并不是赵年家中的任何一只,是一只幻想中的小猫,总有什么地方不对劲,大概是脖子上的肥肉挤压出来的效果。

就这样,胖姑娘蹭了一顿火锅,今天肯定要更胖啦。她的新文身在脖子后面,余虹伸着脖子看了又看,胖姑娘的脖子上有一些肥肉，但不难看到缕缕发丝和细小绒毛，要是男人看见这些垂落下来的缕缕发丝和细小绒毛，以及淡黄色的小猫，准会一阵战栗。

  胖女孩坐下来就吃，并没有和赵年之外的人打招呼，似乎她预感到大家会一起吃火锅，而她刚好十分爱吃火锅。

  余虹好想告诉她别吃芝麻酱了。

  不知道为什么，这个胖女孩总让余虹想到另外一个胖女孩。十年前，余虹也认识一个胖女孩，如果不仔细看，会觉得这个胖女孩和那个胖女孩并没有区别。十年前的一天，余虹和一个男人约会，男人没来，因为他说一个胖女孩的妈咪死了，他要拿着铲子去通州。余虹说："为什么拿铲子？"男人说："这个时候也不方便问。何况不就是一把铲子吗？"到了通州他才知道是猫咪死了，对方在电话里没说清楚。最终，他们挖了一个坟墓把猫埋葬了，铲子也派上用场了，真是一个皆大欢喜的结局。之后余虹和这个男人结婚又离婚。可以说彼此一度恨上了对方。胖女孩杳无音信，有人说，她因为谈了一场失败的恋爱去印度学佛了。余虹想，何必去印度，要是她认识赵年就好了。可是又想如果不离婚，自己怎么会认识赵年，因为赵年是刘波的朋友。

  "我这回真走了。"这个胖女孩吃完了说。

  "还回来吗？"赵年问，然后又哈哈大笑着说，"你就是过来吃火锅的吧。"

胖姑娘摇了摇自己的手,就像小猫在和大家打招呼。她很快就出门了。

4

"这人叫什么?"胖姑娘走后,刘波问。

"我也不知道。"余虹说。但无论如何,她觉得这样很好,大家聚在一起,谁也不知道谁是谁,可以忘记,也可以不忘记。

刚送走胖女孩,余虹去卫生间,发现赵年的小屋里还有一个人。

余虹以为自己喝醉了,揉了揉眼睛,真的还有一个人。不是别人,是一个熟人,做摇滚乐的歌手。他好像刚起床的样子,正要去卫生间。

"你怎么在这儿?"她说,"吓死我了!"

"我下午就过来了。"歌手说,"你吓死我了!我都三天三夜没睡觉了。"

余虹重新回到客厅之后,歌手没有跟过来,一定又去睡觉了。她甚至不确定,这个房子中是不是还有其他人,王抱的灵魂会不会飘回来?

如果那样,余虹发誓,她绝对不会害怕,她会给王抱一个巨大的拥抱。

"你知道有个人在你的小屋里睡觉吗?"回到客厅

之后，余虹问赵年。

"是吗？"赵年问。

赵年看上去并不吃惊，余虹对赵年的回答很吃惊，好像无论谁在他家里睡觉都是可以的，好像除了他自己不知道，所有人都知道有谁在他家里睡觉。

"我还以为歌手一直在这个屋子坐着呢，下午我们一起坐着，然后他和我们回我爸家，过完生日又一起回来的。"章皮说。

"你喝多了！"李亮说，"他只有下午和我们在一起，之后就不在一起了。"

"真贼。"赵年说。

几个人又点了啤酒，外卖来的时候墙上的钟又响了，已经十二点了。赵年关掉客厅的灯，点了一些蜡烛。蜡烛很大，装在玻璃瓶子里，已经燃烧了一大部分。屋子里，看上去很有氛围。余虹感到自己的身体一阵躁动，喝了一杯冰啤酒之后，很快平静下来。大家也都平静了，因为每个人手里都有冰啤酒。光线很暗，余虹简直都要看不清对面是谁了，除非听声音。

忽然有人提议连干三杯，不用说肯定是章皮。

"连干六杯。"余虹说。

余虹有一种女人身上少见的豪爽。

章皮站起来，一只脚踩在椅子上，和刘波说："扶我站起来！"后来又说，"不用扶了，我已经站起来了。"显然他的腰椎问题已经好一点了。

两个人连干了六杯,前面连喝了三杯,后面的三杯勉强倒进去,余虹想起在农业频道看过的一个节目——《清洗猪大肠的方法》。刘波作为家属陪喝了一杯。六杯之后,余虹突然醉意大发地说:"我就希望自己下地狱。"

说完这句,她感觉自己不是醉意大发,完全是诗意大发。

"那我要和你连喝三十杯。"章皮说,"很巧!我也希望自己下地狱。我们都不如王抱,我们都没过'俗'这关,好像上天堂就俗了,好人上天堂,当好人就俗了,王抱就过这关了,他这会儿就在天堂里。"

说着,章皮又冲头顶的天花板看,好像天堂就是天花板这么高,大概两米五的样子。余虹不敢看,她害怕王抱就飘在天花板上,要和他们干杯。

"反正死了就不能喝大酒了。"李亮说。他通常不说话,如果说就说这类话:"喝酒,喝大酒。不能是普普通通地喝酒,一定要喝大酒。"

这么一想,这帮人也真够无趣的,除了喝酒就没有别的事做了。好像一出生,这类人就坐在这里喝酒,喝多了,走了就飘在天花板上,钉在那里,也不能飘去更远的地方,与下面还活着的人干杯,酒顺着墙角洒落,像眼泪一样,干杯的声音就是笑声,笑着掉眼泪。时间长了,飘在天花板上的人会越来越多,整个世界就像一幅倒挂的画。不知为何，余虹忽然想到一句话——"别赞美幸福，别歌颂未来"。

"我们这群人都没生活，刚要生活，生活就跑别处去了，这个屋里就没人了。"赵年忽然说，"死了就死了，没有终极意义，喝大酒也没有终极意义。"

赵年这么说的时候，余虹感觉屋里真的就没人了。她总是有一种感同身受的能力，真是超级孤独，她差点掉出几滴眼泪。

"终极意义就是灰飞烟灭，每天都是终极意义的练习。"李亮说，"每天死掉一点点。"

余虹忽然想到前夫说的，"只有死亡，我才能忘记你，离婚只是一种练习，大概异曲同工。"这让她感觉好笑，可是笑不出来，如今她都忘记了，这个世界上谁会被一直铭记呢？铭记有什么好处呢？当代人会做没有好处的事情吗？念念不忘必有回响，不是的，念念不忘只会闹鬼。她甚至感觉王抱就在这个房间中，看着这群愚蠢的老友还活在世间呢。

当然，无论哪句话都不重要了。离婚之后，前夫好像变成了余虹的一部分，有时候余虹嘴里总会冒出一两句他说过的话，这让她感到巨大的震惊和悲哀。

李亮继续说："赵年，我觉得你说得也没错，人死了就不能喝大酒、不能谈恋爱了。"

"那你现在不也没谈恋爱吗？"余虹问。

"是的，我都好久没谈恋爱了。"李亮说。

"今天早晨你们一共帮我送了几个花圈？"余虹换个话题问。

"至少三四个，我看见的，可能还有我没看见的。"李亮说。

"我人缘真好。"余虹不免感慨，自己虽未出席葬礼，但很多朋友或者朋友的朋友都在花圈上帮自己写了名字。这样看，还以为她和王抱关系多好呢，其实也没多好。余虹喝了一口酒说："我们给王抱再撒杯酒吧，没有王抱最喜欢的茅台了。王抱，你也要习惯习惯冰啤酒，夏天喝冰啤酒还是很爽很酷的。"

余虹想起一件有趣的事：当年，王抱醉了总是要去机场，或者外地，虽然最终哪儿也没去成，只是回家。但好像只要想着，离开这个城市，就会有不一样的体验。

大家给王抱洒了几杯冰啤酒之后，又各自说起了一些王抱活着时候的事情，好像他还活着，好像她就抱着自己喜欢的兔子玩偶坐在这个屋子里，但是不和人打招呼。

章皮说："今不如昔，王抱曾经喜欢去的酒吧都关门大吉了，可以说整条酒吧街都消失了，建筑都刷墙改造。王抱活着的时候喜欢在酒吧的舞池里跳动，看上去就像在做广播体操。他喜欢打台球，玩一个晚上都可以。"

"我真不认识他。"刘波忽然说。他听了一个晚上肯定已经受够了。刘波说得很委屈，好像他是故意不认识王抱一样，仿佛全世界都认识王抱，只有自己不认识，或者说全世界不认识他都没关系，但自己怎么能不认识。不认识还敢和大家一起喝酒，还敢和余虹住在一起？可他真的不认识。

"有人说他像拜伦。"余虹说，"也有人说他像大仲马。刚认识他的人觉得他像大仲马，认识久了就觉得他像拜伦了。"

"你骗我！"刘波说，"一个人怎么能既像拜伦又像大仲马。"

余虹说："读了他的诗，就觉得是拜伦写的，可是见了他的人，就又觉得他像大仲马了。"余虹还比画起来了，她用酒杯在空中画了一个很大很大的圆圈，有一部分啤酒撒了出来，怪可惜的。

大家说着吃着，火锅只剩底料了，所有的羊肉片都涮完了，连芝麻酱都被吃干净，余虹从底料里夹出了很多姜片，她发誓不是故意的，大概是睡意昏沉。这些姜片长得多像羊肉片啊，只有放在嘴里才知道不是。她又夹了一片，还是姜。她好想再吃一片羊肉，只有这么一点点愿望了。她想起王抱曾经写过的一本书，是一些散碎文章的合集，书名叫《死亡，就是从废墟到废墟》。恐怕王抱早有预感，一个真正的诗人怎么能对自己的死亡没有预感呢？

"我们就化悲痛为酒量，再喝三杯。"章皮提议。

"你们说王抱的诗怎么样？"李亮说。

"现在不谈诗，谈诗就没意思了。"赵年说。

"放屁！"章皮对李亮说。

余虹说："王抱活着的时候，写过一篇文章，讨论李白、杜甫、白居易这三位诗人到底谁写的诗最好，你们猜，他最后得出的结论是什么？"

"先喝三杯。"章皮说。

"大家都干了三杯。"余虹接着说，"如果李白醉了就是李白写得最好，如果杜甫醉了就是杜甫写得最好，如果白居易醉了就是白居易写得最好。"说完之后自己大笑起来说："我现在喝得最多，我现在写得最好！"

"其实我们后来就走远了。"章皮说，"朋友就是这样，不是越走越近，就是越走越远。"

余虹觉得这句话很有道理，可是仔细想想，这只是一句有道理的废话。甚至进一步想，世界就是靠各种各样有道理的废话和没有道理的废话构成的，总之都是废话。

"其实他后来不怎么和你们吃饭了，但还老打听你们。"余虹说，"后来他就搞自己的事业去了，再也不跟你们瞎吃瞎喝了。但他会通过我打听你们，就像我通过你们打听他的葬礼一样。我刚工作的时候参加过一个同事的葬礼，那个时候太年轻，不害怕，后来就越来越害怕，尤其是认识你们，和你们混的那几年，总觉得自己随时就要喝死了。"

"那你应该去参加王抱的葬礼，其他的葬礼应该都是悲伤的，王抱的葬礼是欢乐的。"

"我不去。"余虹说，"我都想好了，你们谁死了，我都不去，千万别恨我。我死了你们也别去，早就烦你们了。让我一个人静静。"

赵年一直没再说话，过了一会儿就跑到旁边小屋里念经去了。余虹想，歌手真有福气，打呼噜还有人念经。小屋里放了一个日本榻榻米，晚上赵年大概也要在这里睡。赵年老婆最近得了水痘，住在郊区的别墅里。人只要活得足够长就什么都会经历，谁知道自己快更年期了还得水痘呢？

章皮酒后总是愿意给人赐字。此刻，在三十四厘米见方的纸上用毛笔写了两个字——"剩菜"，非要送给余虹和刘波做新婚贺礼。

两只小猫在四周疯狂地追逐、打闹。

5

墙上的钟显示已经深夜三点了，酒还剩了很多，几个人挤在一个电梯里下了楼。

赵年在电梯门口送客，电梯门关闭之前，他还用自己有三个摄像头的新款手机给大家拍了一张照片，赵年喜欢拍照片，尤其信佛的这些年，其他事情都提不起兴趣了，不是说其他事情不好，但就是提不起兴趣干了。剧本早就不写了,没事就拍拍照片。

电梯很闷热,好在下降很快。章皮忽然说:"我不喜欢人的身上有符号。"

余虹想,他为什么现在说呢?胖女孩已经提前离开了。章皮可能喝多了,以为胖女孩也在电梯里。李亮靠在刘波的肩上,或者说刘波靠在李亮的肩上,后面那些啤酒让大家都喝醉了。

到达一层,出了电梯,大家松了一口气。

余虹抬头从楼下看楼上,看到的都是别人家的灯光。她难以相信,就在刚刚,他们一起坐在别人家的灯光里。

她回忆起第一次认识王抱的时候,也是在一个朋友的家里,只是如今她实在想不起来是在谁的家里了。王抱当年对一些科幻作品感兴趣,可以说是诗人里面对科幻最感兴趣的了。余虹记得十年前他说过的话:"地球在宇宙中非常非常偏僻,人类为什么要在这么偏僻的地方生存呢?一定是因为人类曾经极盛,后来失落了,开始自我放逐,将自己放逐到了宇宙的边缘,有一种自我惩罚的意思。"

余虹想,如果当年的王抱知道自己只能再活十年,一定不会说这么伤心的话。王抱那天还说了很多他的理论,其中有一个余虹觉得最不可思议,王抱举起一个酒杯说:"我们人类就是外星人雇过来挖金子的!"

如今,王抱死了,也没有机会好好问问他了,外星人为什么要雇我们挖金子?酬劳是多少?要挖到何年何月何日？人类不可以反抗吗？

6

大家互相告别，章皮和李亮是邻居，他们一起打车走的，因为赵年家的旁边就是地坛，余虹和刘波走着走着就走了进去，当时天已经快亮了。

走进地坛，里面只有稀稀疏疏的几个人，余虹醉了，一直对红墙说对不起，但她实在不知道有什么对不起的。她想到赵年之前说，动物和人算有情，但植物不算，有自我执着的就算，那墙就算无情。所以，那就对墙的无情说对不起吧。

后来又看见一辆垃圾车，她盯了很久，它好像一辆节日彩车，上面的垃圾五颜六色的。雨终于落了下来，她脱了鞋踩在地上，她听见同样醉了的刘波问一个晨练的大叔："前面那个女人好看吗？"余虹抓住刘波让他不要问，大叔看着余虹说："好看。"刘波说："是我老婆。"两个人很快往前跑远了。不难想象，喝醉的刘波还是很爱余虹的。

几米远的栏杆外面有三三两两的人，他们在晨练，有的往前疾走，有的往后退，余虹擦了擦眼睛，她发现往后退的人竟然和往前疾走的人一样快，他们就像两个要迅速摆脱彼此的相对物体。她感觉这些人好可怜，这么早就起床锻炼身体，他们的一天如此漫长，到底要活到多少岁呢？

这个地球上一定有一些人的生命被另外一些人代替了，仿佛刚才两个要迅速摆脱彼此的相对物体一样。雨没有停下来，也没有变更大，抬头能从树木的缝隙中看见天。

　　这样的天昏沉沉的，并不利于锻炼，那些疾走的人是不是也想到了这一点。有小鸟在四周，飞起来，又落下去，这让她想到赵年说的"没必要结婚，也没必要离婚"。她衷心希望赵年老婆的水痘和赵年的心脏好起来。刘波从书包里拿出半瓶矿泉水，他"咕咚咕咚"地喝了起来，刘波总是随身背一个白口袋，白口袋是他醉了之后和别人换的，用另外一个白口袋换的，如今这个白口袋已经不白了，上面写着"A美术馆"。余虹也想喝一口，但刘波已经把水喝光了，她翻了白口袋，里面什么都没有。两个人搀扶着站起来，刘波站起来一下又摔了下去，余虹把他拉起来，刘波笑着说："你肯定没想过和我这样的人结婚。"余虹很怕他那样笑，不仅仅因为陌生，还认为那样笑的人会觉得每件事都不重要。余虹说："我没想过。"两个人彼此依靠着往外走，因为靠得很近，如果不仔细看，很难看出这是一对喝醉了的人。公园很大，但是他们只走过了很少的地方，从南门进来之后的一片草坪，他们走到一半，又出来了，还有更多的地方，他们已经不打算逛了。就这么打道回府吧。于是又从南门走了出去，他们又碰见了刚才锻炼的人，刘波半闭着眼已经认不出来，余虹看见他在打拳，也半闭着眼，看上去像根本没有睡醒的样子。

等大叔走后,她看了时间,正好五点,她想赵年家的钟又要响了。也许赵年已经睡了,也许在和歌手聊天。赵年家的钟每响一次,都像是来自世纪末的召唤,只是世纪末已经过去二十年,而他们都没有机会再经过一个世纪,而上个世纪末也已经变得十分遥远了。余虹闭上眼睛,好在她掌握了一个本领,如果闭上眼睛,就可以幻想出一个仙境,此刻她就打算这么去做。

今晚，吹的是什么风

1

王曼曼和刘海在人工湖边，王曼曼僵硬地立在那儿，连呼吸的声音都很弱。傍晚的湖波光粼粼，一直发亮。刘海在湖边捡到一些小石头。王曼曼试着把脚往湖水里伸，湖边写着"禁止游泳，后果自负"。有一些小鱼在她脚边，脚痒痒的，她就这样站了一会儿，已经适应四周的空气和声响。

"要是小姑来这儿准喜欢，她喜欢钓鱼。"王曼曼说，"小姑钓鱼的时候，从来不许别人在她一米之内活动。"

"那我现在就离你一米了。"刘海说。

"你又不是我小姑。"王曼曼说，"让我看看你捡的石头。"

"都太小了，等我捡几个大的。"刘海一边说，一边低头捡，看上去就像一头弯腰吃草的小牛。

王曼曼用脚尖搅动水面，水面起了一层涟漪，很快又恢复了平静。

"亿万年前，我们这儿会是什么样呢？"王曼曼说，"今天地理老师讲，亿万年前，我们这儿都是水，不是这种湖，而是江海；不是这种人工的、静止的水，是天然的、流动的水；山上都是石头，一不高兴就往下滚。"

"一千年前，那些山上下来的大石头变成了小石头。小石头的边缘是光滑的，就是我刚才捡起来的这些。"

"那你捡的都是一千年前的石头了，比我们活得还久。"

"反正，再过亿万年或者一千年，我们就是两个人的骨头。"

"我小姑捡过骨头。"王曼曼说，"人的。"

刘海把刚才的石头放进兜里，双手捂着兜说："小姑骗你的。"

"她不会骗我。"王曼曼说着踢了一脚水，"你有小姑吗？"

"我觉得大人都没劲。"

"我们以后也就变成大人了。"

"大人和大人也不一样。"

"为什么？"

"我觉得小姑就是和我爸妈不一样的大人。"

"你觉得我们以后会变成什么样的大人？"

"我们都会变成爸妈那样吧，但其实我想变成小姑那样的大人。"

"那是什么样的大人？"刘海踢着王曼曼身边的石块问。有几个石块飞到了王曼曼的白球鞋上。

此时抬头，会发现天空美得不可思议。人工湖旁边有很多野草，刘海揪了一把编了只"兔子耳朵"。

王曼曼凑过去看，问道："你知道我喜欢小兔子？"

"你喜欢小兔子？"刘海说，"我只会编这个，送给你吧。"

两个人继续在湖边转悠，报纸上说今天晚上会有一场百年一遇的流星雨，但是具体的出现时间，报纸上没有说。两个人下课之后就走过来了，已经等待了一个小时。王曼曼站得有点久，脚底发虚，踩在小石头上整个人有一种腾驾在云雾上的感觉，湖边的风开始吹起来。

人工湖不大，转一圈需要半个小时。两个人因为走得很慢，过了一个小时才走了一小段路。湖边有些小灯泡在闪烁。可能是修人工湖的时候工人安装的，他们怕光线太暗，会有人不小心掉进湖里。小灯泡闪着暗红的光，在这个城市并不常见，看上去像某个南方的海滨浴场，很动人。

"今天我们上课，老师讲世界上没有永动机。"刘海说，"你觉得世界上有永动机吗？"

"我不知道。"王曼曼显然对永动机一点都不了解。两个人走在湖边就像走在旷野中，如果没有小灯泡可能真的容易掉进湖里。看着天边最后一块暮霭变暗。只要天足够黑，流星雨就会来了吧。

"永动机做什么用呢?"王曼曼接着问。

"永动机就是一直就可以了,什么都不用做。"刘海说,"它的用处就是可以一直动。"说完他哈哈大笑。

"兔子耳朵"扎得很不结实,又走了几步就散开了,王曼曼用手箍住,两个拇指捏得很累。虽然是一个人工湖,不知道为什么会有腥味。远处有几个风力发电机,叶片雪白,转得很缓慢,好像很不情愿地转动。

"我从来没见它很快地转过。"王曼曼用手捏着"兔子耳朵",指着叶片说。

"你是说那几个大鸟的翅膀吗?"

王曼曼想,它们的仪态真是好极了,因为转得很缓慢,所以显得很优雅。湖面上吹来温柔的风,一个流星雨从天空划过的夜晚,和自己最好的朋友一起看,真是太幸福了。又走了一会儿,他们绕到了湖的对面,两个人坐下来后,拿出准备好的塑料餐盒。王曼曼的餐盒里盛了汤,她捧着喝起来。

"你吃我的。"刘海说。

"我不吃,我渴了。"

王曼曼喝得很安静,刘海在旁边盯着她看,王曼曼感到一阵羞涩,忽然说:"你认识什么男的吗?"

"好多呀。"刘海说。

"我想给我小姑找个老公。"

刘海也打开自己的餐盒,里面有两个大包子,他咬了一口,说:"那你小姑长得好看吗?"

王曼曼放下餐盒说:"我也不知道好不好看。"

刘海说:"那我可以让我小舅和你小姑结婚。"

两个人哈哈大笑,觉得很不可思议,但好像只要发自内心地这样想,并且祝福,他们就真的可以变成夫妻了。

王曼曼喝了几口汤就盖上了餐盒,刘海吞完了两个大包子。他们准备继续逛会儿,走了没多远,隐约看见更远处有两个高年级的学生,因为个子更高,刘海一把拉住王曼曼,示意她不要再走过去了,两个人对视着,王曼曼忍不住大笑起来。

"从学校到人工湖的路很难走,不知道为什么还会有人走过来。"王曼曼说。她这样说的时候,在脑中努力排除刚才的场景带来的困扰。

天越来越黑。

"我们会不会等一晚都没有流星雨?"王曼曼问。

"这边肯定比在学校看得更清楚。"刘海拍着自己的胸脯说,"你就相信我吧。"

两个人就这样绕着人工湖又转了两三圈,感觉有些迷路了,王曼曼越走越糊涂,后来忽然一个跟头摔倒在石头上,没等刘海跑过去扶,王曼曼干脆就一屁股坐在地上。她抬头看天上的月亮,亮如白银,她忽然感到一阵恐慌。

"我觉得我们今天晚上看不到流星雨了。"她说。

"可能要夜里了。"刘海说。

"我不敢待到夜里。"王曼曼说。

刘海也坐了下来,说:"那我们再等等,要是到夜里还没看到流星雨,我们就回去,好不好?"

王曼曼想,就算看不到流星雨,他们还能看星星和月亮,它们都来自亿万年前。

"你觉得一生中最后悔的事是什么?"王曼曼问。

"为什么问这个问题呢?"刘海不解地问。

"因为有一天我听小姑说,这是她一生中最后悔的事。"

"什么事呢?"

"我没有听见了。"

"唉。"刘海叹了口气。

"可我们还小,一生还没过完呢。可以等我过完了告诉你,但那个时候我就没办法告诉你了。"刘海说这句话的时候和王曼曼贴得很近,王曼曼感觉脖颈上的绒毛一阵奇痒。

"那我想好了也告诉你。"

"你为什么和小姑住在一起呢?"刘海问。

"因为我喜欢小姑的房子,"王曼曼说,"小姑的房子很有意思,在顶层,所以房顶不是平的,是斜的,刚进门可以站起来,往里走就要低头,里面有一个床垫,但没有床,有一个很窄的门通向露天阳台。只要走到阳台就别有一番天地了。房间朝南,阳光很多,傍晚时,夕阳投过来,地上会出现几块光斑。光斑有时候也会打在鱼缸上，小姑有一个大鱼缸，里面都是她自己钓上来的鱼，经常死，虽然她照顾得很好，可那些鱼还是经常死。有一阵，鱼缸里只剩两条鱼，其实我觉得它们长得很丑，没有外面市场上卖的鱼好看，还不能吃，可小姑很爱惜，每条鱼都给取了名字，一条叫红尘，一条叫滚滚。"

"可我还是不知道你为什么和小姑住在一起。"刘海揪了几根野草又编了一只"兔子耳朵"，这次的"耳朵"更长，他拿在手里转，好像编得很满意。

"我给你讲我和小姑住在一起的一些事吧，反正我们还有一点时间。"王曼曼说，"大概也是一个这样的晚上，天气预报说有雷阵雨，房间里停了电，小姑点了两根蜡烛，客厅一根，我的屋子一根。蜡烛的光亮很微弱，小姑点完之后喜欢用自己的手掌遮住一部分光亮，每次她这样做的时候，手离得都很近，看上去像要把自己的手烤熟。"讲到这儿的时候，王曼曼仿佛闻到了烧焦的味道，拿过"兔子耳朵"像扇子一样扇了扇。后来，"兔子耳朵"一直被她攥在手里。

她接着说："等小姑把手缩回来的时候，房间里的黑暗看上去就非常有分量了，因为蜡烛的光，黑的地方显得更黑了而不是更亮了，你说怪不怪？那天晚上，我和小姑就这样坐了一会儿，和我们现在一样，我们两个人就听着外面的声音，因为没有电，我们没有事情可做，光听声音就知道外面很凉快，刮着风，雨滴还没有落下来，可是感觉很快就要落下来，具体什么时候落下来我们也说不清楚。过了一会儿，小姑忽然和我说：'出不出去？'我决定和她一起出去。因为我不想一个人留在这个停电的房子里。就在这个时候，我们邻居又开始弹钢琴曲了，每天晚上的这个时候，总是传来钢琴曲，可我不知道是什么曲子，我也从来没见过我的邻居，大概是我总是住在学校的缘故吧。"

"那你小姑见过吗？"刘海问。

王曼曼说："这不重要。"

"那钢琴曲弹得好听吗？"刘海又打断了王曼曼的话。

"那还用说，钢琴曲都是美的。"

"那我以后也要学学弹钢琴了。"刘海说。

"你听我继续和你讲。"王曼曼说，"'出不出去？'我小姑又说了一遍。她这样说的时候，已经去穿鞋了，她那天穿了一双白皮鞋，很白很白，出门的时候还擦了擦，其实已经很白了，没必要擦的。怎么说呢，比我们看见的发电机的叶片还白。她还问我擦不擦，因为她知道我一定会和她一起出门看雨的，我说：'我没有白皮鞋。'我说的是实话，我真的没有白皮鞋。而且我想，小姑不应该穿那么白的一双皮鞋，会被水淋脏的，后来我们就出门了。电梯没法用，我们就走下去，我们的楼下有一只雕塑熊猫，是为了纪念亚运会做的。熊猫已经不是黑白色，而变成了黑黄色。我去动物园看过熊猫，没有几只是黑白色的，可以说一只都没有。我觉得黑黄色才是熊猫身上的颜色。就和白皮鞋一样，要不是经常擦，怎么能这么干净呢？你说是不是？"

刘海点了点头。

"雕塑熊猫四周有一圈座椅，天气好的时候坐满了人，我们下去的时候一个人都没有了，大家都往家跑。不知道为什么，我当时就有一种感觉，他们跑得越快，雨就降落得越快。我觉得这和你说的永动机是一个原理。"

"为什么呢？"刘海问。

"因为我觉得人们太想发明永动机了，那永动机就不会被他们发明出来，你说呢？"

"我觉得你说得很有道理。"刘海点了点头，还顺手摸了摸王曼曼的脑袋，好像只有王曼曼的脑袋才能发现这个原理。王曼曼撑开刘海的手说："那你听我继续和你讲，小姑不匆不忙，好像平时都还要比现在走得快些，她就这样溜达着，用一个成语来说，有点闲庭信步，我在她后面跟着，当时我一直想笑。你知道吗？从我的角度看过去，小姑就像一只穿了衣服的熊猫，那天她的连衣裙的颜色我忘记了，我记得连衣裙的款式，是因为她喜欢穿连衣裙，只要到合适的天气，她都会穿连衣裙，所以她总说自己应该生活在南方。小姑其实挺胖的，要是我那么胖，我就不穿连衣裙，可小姑非穿不可，所以我觉得她有时候挺……

那个样子真像一只熊猫。可是熊猫又不会穿成这样。"

"看上去肯定很有意思。"刘海说完哈哈大笑。

"我们就这样走啊走啊,感觉走了很久,我边走边看我的手表,其实才走了不到十分钟,可是感觉很久,大概因为路上都没有什么人,树叶疯狂摇摆,夹道旁边就像有人拿着大扇子给我们扇。忽然天色一变,倾盆大雨下来了,一点都不给面子,这么大的雨说下就下。我喊小姑,喊了三四声她才回头,她怎么会听不见呢?后来我拉着她就往门洞里跑,不是她拉着我,是我拉着她!可是我有点拉不动她,好像她很享受这场大雨,等我们到门洞里,两个人都成落汤鸡了。我当时低头看见她的白皮鞋上都是泥点儿。"

"你小姑真浪漫!看着像电视剧里面的人,喜欢淋雨。"

"我也不知道,她就是喜欢下雨吧。她要是没那么胖就好了。"王曼曼说。

"不知道我小舅喜不喜欢胖子。"刘海说。

"万一喜欢呢。"王曼曼接着讲,"后来进了屋,我拼命擦自己的头发,我害怕感冒,因为我很容易感冒。小姑抖了抖水,她的头发很长,可是她不管不顾,开始蹲在地上擦起白皮鞋,擦了好久。还在停电,蜡烛还在燃着。邻居家的钢琴曲没有停,换了一首曲子,邻居每天晚上弹一个小时,钢琴曲也是有顺序的。什么时候弹什么曲子我都了如指掌了。因为停电无所事事，后来我就提议给小姑画画。"

王曼曼讲到这儿时有点累了，打开餐盒又喝了几口汤，汤都凉了。王曼曼戴了牙套，她一边喝一边用舌头舔金属丝，牙齿被挤压在一起。又喝了一口，她接着说："小姑就乖乖坐在藤椅上给我当模特儿，过了一会儿她还唱了起来，唱的是邓丽君的歌，我让她别唱了，再唱我就画不好了。你知道吗？因为我小姑非常喜欢邓丽君，后来她唱得更欢了，奇怪的是还和邻居的钢琴曲结合在一起，但你知道，它们根本就不是一个风格的曲调，我觉得邻居的钢琴曲更高雅，小姑唱的是'你问我爱你有多深，月亮代表我的心'。"

"你小姑一点都不流行。"刘海说，"现在都不流行邓丽君了。现在是流星雨代表我们的心，可是流星雨还不来。"

"会不会不来了？"王曼曼问。

两个人望向天空，什么都没有。

王曼曼接着说："小姑有很多邓丽君的录像带，我和她一起看过，好多好多歌啊，我都记不住了，我就只记得邓丽君的大耳环，亮闪闪的。我小姑没有那样的大耳环。小姑后来越唱越欢，还唱起了粤语歌，我就一边画，一边问她有没有去过香港。她说以后去，以前没去过。我问香港有多远，她说大概比从我们家到长江还要远一倍。可你知道我连长江都没去过,所以我想那肯定非常非常远,然后小姑忽然眼睛一亮,我在黑暗中都能看见她的眼睛一亮,她说她去过长江,还在江边看见过一个骨头,就是我刚才和你说的人的骨头,按说一个骨头没有什么稀奇古怪的,可是后来她说那是一个人的骨头。"

"你小姑怎么知道是人的骨头呢?"刘海问道。

"我也问她怎么知道是人的骨头呢,再说也不是随随便便低头就能看见一个人的骨头呀。"说着王曼曼还四周张望了一下,证明人的骨头不是想见就能见。然后她继续讲:"我小姑说,因为人的骨头特别特别白,比我们看见的所有的东西都白。其实仔细想想也没什么奇怪的,因为江河湖海上,经常有死人从上游漂下来,对吧?"

刘海想了想,说:"那比她的白皮鞋还白吗?"

王曼曼说:"是啊,真可惜,我忘了这么问她。要是当时我想到就好了。不过当时我淋了雨,换了一件白色连衣裙,然后小姑还抻了抻我的裙边说:'比这个还白,真是白极了。'所以我想,那一定比她的白皮鞋还白,对吧?"

"后来呢?"刘海追问。

"后来,小姑还说骨头有破损,断裂处像枯木一样不是很整齐,但是摸着不割手,不是很大,小姑还用掌心给我比,好像有一块骨头正在她的手上,像稀世珍宝一样。仿佛只有一块雪白的骨头才配得上在那样的雨夜谈论。这不是一块吓人的骨头,也不是来自死人的,好像世界上再没有比这更纯洁的东西了。我到现在还记得,她用手在我的掌心上比画时的感觉,小姑虽然胖,但是手柔软极了,只有胖人才有的那种柔软。当时她一边讲,我一边画她,我画了她,还画了她四周,四周都是写实的,有一些翻开的书被扔在地板上,然后这本书的下面还有两三本书,因为她的屋子就是这样,地上都是书,我一本都没看过,我也很奇怪,她为什么不能把书放好呢?不过你知道,我的画画水平很一般,哈哈。"

王曼曼又回忆起那晚雨水流淌在阳台上,闪着粼粼的光亮的情景。大风把白色的窗帘吹向房顶,管道里面有水流的声音,混合着外面的狂风骤雨。但是她没有讲出来。

"对了,我能摸摸你的头吗?"王曼曼忽然说。

刘海把脑袋凑过去问:"为什么?你摸吧。"

"你没有疤。"王曼曼摸了摸说,好像很可惜的样子。

王曼曼接着说:"我小姑有白头发,她那么年轻,才三十岁,那天晚上我画她,我看见白头发了,我就画下来了,画了好多根,我都是一根一根画的。后来我站起来要去给她揪白头发,我刚伸出手去摸,就在她的后脑勺上摸到一大块疤。"王曼曼用手比画,大概有杯口那么大。"后来我问小姑疼吗?小姑说不疼。我说我怎么没有,小姑说疤不遗传。"

王曼曼接着和刘海说:"你知道吗,疤面很光滑,看上去已经存在了很久,比我们的脑袋摸上去都光滑,要不是第一次摸到我都不敢相信，实在太光滑了，我都想有一块了。后来，我专心给小姑揪白头发。小姑也没有不让我揪，虽然有人说白头发不能揪，但我觉得只要小姑同意我就可以揪，这全凭个人喜好，对不对？当时我从头顶往下看，有一种特殊的视角。"

王曼曼接着讲："小姑的脸在亮处，身体其他部分在暗处，整个人看上去黑白分明，比熊猫还黑白分明。小姑的头发很浓密，看上去毛茸茸的，白裙子拖在地上。虽然她很胖，但还是像一个仙女。仙女也有胖的，对吧？你知道，她回来后没有换衣服，我想可能胖子没有那么容易冷的。我给她揪白头发的时候，她还一直在唱歌，又从粤语歌换成了'你问我爱你有多深，月亮代表我的心……'，可她没去过香港，所以我觉得她的粤语肯定不标准，隔壁弹钢琴的声音也停了，电还没有来。雨后来也停了，其实也没有下很久，外面凉快了一会儿，但很快又热起来了，好像还在等着另一场雨。小姑一边唱一边摇头晃脑，声音很轻柔，但害得我都找不准白头发了，后来我干脆就不揪了，我看着墙上形成的一个小小的光斑。这样看了一会儿，我和小姑说画好了，其实我还没有完全画好，我还要稍微加工一下，小姑就说：'那你画好了，我要抽烟了。'"

"你小姑还抽烟？"刘海说。

王曼曼说："我小姑会的多着呢。后来我说那我就画一个抽烟的人，然后我又加了几笔，可是老师说得对，画完的画再加工就是画蛇添足，我小姑捏着的烟，我无论如何都画不进她的手里，后来连她的整个手都变形了。小姑抽烟很慢，她总是抽两口咳嗽几下。她咳得很厉害，我总担心她把肺咳出来。画中她的手被我修改变形了，我就开始肆意涂改那张画，纸面上有几个地方都被我的笔戳破了，后来我很沮丧地问小姑，我爸爸妈妈是不是真的离婚了，所以我才和她住。"

"小姑把烟掐了的动作看上去很潇洒，我觉得她要是瘦一点就和电影明星差不多了，可以说，都是胖毁了她，甚至毁了我这幅画。画中，她像一团废纸一样坐着。"

"那你小姑说什么，你的爸爸妈妈真的离婚了吗？"刘海问。

"我小姑没说话，她就让我把画给她看。她看了我的画也不说话，你知道为什么吗？"刘海摇头。王曼曼继续说："因为我把小姑的脸完全涂成了紫色，天花板画在了地上。画出来的小姑倒挂在天花板上，和现实中的小姑形成了一种对峙的局面。灯光投射到天花板，再反射下来，小姑的脸看上去毛茸茸的，像学校门口卖的那种小鸡小鸭的毛。不过是紫色的小鸡小鸭。其实，我现在和你讲，我也不知道为什么要把她的脸涂成紫色。后来小姑把画折起来，说她收藏了，她用的就是'收藏'这个词，好像我是毕加索，好像她自己就应该长着一张紫色的脸。然后她要我去上床睡觉，她去客厅睡，因为我周末来和她住，所以她只能睡客厅，我躺在床上睡不着，我听见外面电视机的声音放着，好像来电了，也可能早就来了，是我们不知道。电视放着音乐台，听不出是什么音乐，因为声音很小，我觉得还没有小姑唱得好，我后来什么时候睡着的也不知道。"

刘海说："画画就是想怎么样就怎么样。"

王曼曼站起来说："我也讲累了，咱们回去吧。"

因为刘海对她讲的没有什么反应，她感觉兴趣索然。

刘海拦住她说："那就半途而废了。"

"我不想看流星了。"王曼曼坐下来说，"那我再坐一会儿就回去了，真的只能坐一会儿。你不回去也行，反正我是要回去的，也不知道几点了，什么都没有，骗人！"

两个人就这么坐着又说了一会儿话，但是声音很低很低，好像怕打扰四周的小花小草。刘海问："你的小姑要是不胖，长得好看吗？"

王曼曼想了想说："小姑的眼睛好看，笑起来弯弯的。"

两个人背靠着背，王曼曼越来越困，头就枕在了刘海的肩上。过了一阵子，她仿佛感觉头顶的天空明亮了起来，有那么一瞬间，几乎和白天一样亮。没隔多久天色又变黑，接着传来了"轰隆轰隆"的声音，就像半空中滚过一阵阵雷。密密麻麻的东西往下砸，"唰唰唰"，天空像放烟花一样。她和很多人一起观看，后来又来了一群人，小姑也在里面，她生怕自己被小姑看见，所以躲起来，可还是被小姑发现了，小姑和她说："给我写信呀。"

醒来的时候，黎明已近，他们在地上坐着睡了一夜，王曼曼感觉是被冻醒的，她感觉浑身冷冰冰的，要走一会儿才能暖和。但失望的情绪难以言表，可能流星就是在他们睡着的时候划过去的。王曼曼感觉自己看到了，每秒上百颗，好像过年家家放鞭炮和烟花一样，但又觉得是做的梦，很不真实。她还梦见了小姑，所以都是梦。回去的路上，王曼曼和刘海又碰见了昨天见过的那两个人，看上去他们也在湖边坐了一夜，但是他们对碰见王曼曼和刘海并不奇怪，好像一夜之间，没有什么奇怪的事发生，更别提流星雨了，好像流星雨是世纪谎言，只有傻子才会相信。至少王曼曼没有看见，所以她打算不再相信了。

2

如果翻看第二天的报纸会发现，那晚降了一场罕见的陨石雨，而地点就是在王曼曼的学校周围，多数人都选择在学校观看，王曼曼和刘海跑到了后面的人工湖。报纸上说那场陨石雨的覆盖范围在二十五千米之内，甚至有天文研究者认为那应该是一颗小行星以每秒十至四十千米的速度闯入大气层之后引起的，因为流星体积较大，无法在大气层中摩擦烧蚀完，又由于星体压力差不同，导致陨石在空中解体爆炸，所以变成小块降落到了地面上。

确实，喜欢观察夜空的朋友都看到过流星现象，那是太空中的陨石在进入地球大气层之后，由于速度太快，和空气摩擦使得表面瞬间产生高温或燃烧现象，于是就会发出明亮的光。大多数的流星体都很小，通常都是直径一至十厘米的小石块，其进入大气层之后发光的时间通常只有零点一至三秒，但是也有一些比较大的流星体，可以在进入大气层后，直到降落地面的整个过程中都在发光，这样的流星体通常比较大，直径可达零点五至二十米，掉落地上被叫作陨石。如果落下的陨石比这样的流星体还大的话，那就很容易造成灾难了。

王曼曼和刘海还没有和别人说他们什么都没看见，那么罕见的流星雨怎么会有人没看见，何况他们还跑到了更开阔的湖边。王曼曼感觉这就是一场梦，除了刘海和他们相遇过两次的同学外，没有人能证明。就像大家都曾做过的一道数学题：两个人在湖边走，另外两个人也在湖边走，他们相向而行，相遇的概率是多少，以及相遇的时间和次数等。他们难道不应该打个招呼吗？这一切多像一场梦啊。

回到学校之后，王曼曼就开始发烧，一直烧到四十度都没有退下去。爸爸妈妈将她送去了医院，稍微退了一点烧，她就被接回了家，这是爸爸妈妈离婚以后他们三个人第一次走在一起，王曼曼没有力气问他们是不是真的离婚了，她想这不关她的事。

十几岁的女生总是长得很快，大概半个学期没有见，王曼曼走在爸爸妈妈中间，看上去简直和妈妈一样高。从背影看过去就是一个大人。小孩长得成熟或者成人长得天真都是美好的事。但同时有一种感觉将王曼曼塞得很满，无孔不入，把整个人都模糊掉了。

父母带她回小姑家拿了东西。上楼的时候，王曼曼看见小姑的邻居正好出来倒垃圾，看上去是存了很久才有那么多垃圾。她就是会弹钢琴曲的那个小姑娘，看上去她的眼神和动作都很空洞、迟缓，好像除了弹钢琴曲，所有的事情她都不应该理会。王曼曼有些失望，她想，那些美妙的音乐应该出自小姑柔软的手。

小姑不在家里了，房间里阴沉沉、湿乎乎的，没有了朝南的阳光，看上去就像那晚的倾盆大雨，客厅里还放着王曼曼给小姑画的画，紫色的脸涨满了画纸，两条鱼翻了肚皮。王曼曼开始被强烈的呕吐感折磨，她感觉胸口很紧，她从后面将新买的内衣扯了下来，她小小的胸部还没有开始发育，但很快就将发育。城市清晨的光很刺眼，还不是感觉太热，她跑下楼，爸爸妈妈没有追她，四周的植物轻轻摆动，雕塑熊猫旁边有一个老人正在锻炼，双手一会儿在空中摆动着，一会儿拥抱着自己，表情看上去很痛苦。冰冷的空气在王曼曼的胸口回旋，她整个人感觉空空荡荡的，四周的人无视王曼曼的存在，连王曼曼都感觉不到自己的存在。后来，她把脸埋在自己的双腿间。太阳照出一条缝隙。这条缝隙在她双腿间越来越大。

小姑的最后一张照片是在广场举着小紫荆花旗,她留下一张眼睛笑起来弯弯的纪念照,南方也因此离她更近了。小姑在这样的年龄看上去比自己更天真。一个小时之后她忽然晕倒,救护车被沸腾的人群挡住了。电视上在播放节目,无数的荧光棒闪烁着。之后是一群一群的白色鸽子,那些鸽子扇动着白色的羽翼,让人目眩神迷。钟声敲响了。

小姑去世的日期很容易记,因为发生了两件大事:一件是亿万国人为之沸腾的回归仪式,另一件是市郊降下了一场罕见的陨石雨。

之后,小姑的房子被爸爸出租,租金比这个城市的其他房子都便宜,可能是因为没有人喜欢顶层,稍一抬头就会撞到脑袋。

长大并不像想的那么遥远。当你掌握了生活的某些要领时,很多问题就会迎刃而解,并且做事情都会加速。就像二十世纪末,那个时候,城市内疯狂地修建立交桥,很多现在起到重要枢纽作用的立交桥都是那个时候建成的。几乎每建成一座,小姑就会就会将王曼曼放在自行车的后面,然后两个人从桥上面的车行道冲下来。

如今,王曼曼既没有完全地变成母亲,更没有变成小姑,她变成了其他人。

过去的生活就像一个深渊,让人忍不住伸着脑袋探进去看。长大之后重回学校,她感觉后面的人工湖小了很多。

以前，学校在很远的地方。城市和城市的中心，很容易就走出去。四合之内所有物理的距离都消失了，没有此岸彼岸，好的坏的都是似是而非的。

一直走会产生一种错觉，四处飘散的雾气中，能看见三个人，小小的自己、小小的刘海和小姑，连小姑都是小小的。那之后，每一年都比每一天要慢，每一天又都比每一年要快。没有永动机，但所有的人都变成了永动机，一刻不肯停下。她忽然想到，自己活到如今没有什么后悔的事，虽然她每天都对生活失去耐心，但仍会幻想很多美好的事，仿佛当时已经看见了流星，它像一道天幕垂挂，静止了一样，不是一闪而过的。她和刘海看到了流星，世上的每件事物都倒置在世上。鲜艳清新，白色的骨头像一对坚硬的翅膀在无垠的远方与地平线融为一体。

其实翻开当年的报纸不难发现，那天，有人捡到了很多坠落的陨石，那些陨石外表呈黑褐色，有一层光滑的熔壳，断裂面呈灰白色或灰色，其外层之所以有一层看上去熔融的外壳，正是小行星进入地球大气层后与大气层摩擦烧蚀的痕迹，其明亮的光辉也都是这个时候发出的。这些陨石较大的有两三千克，小的则像蚕豆般大小。如今陨石收藏是收藏界的热门，因为比较稀有，而且都是"天外来客"。她想，刘海捡的那些小石头都白捡了。初中毕业之后他们去了不同的高中，学习忙就再也没有联系。

世界上没有时间隧道，但一切都会飘进炽白的光里。

你是否感到愤怒或者幸福

1

他们乘坐的红色车厢在上升,两个人勾着手坐在一起,下面是不断后移的支架和其他上升的车厢,上面的支架越来越接近,也有一些车厢在下降,看不清其他车厢里是不是有人,透过雾样的玻璃,会发现四周的景物开始变形。

到达顶端的时候开始往下走,顺流而下,加快了,仔细观察这个车厢,四周已经损坏,如果在里面走动或者跑起来,就会"吱呀"作响,两个人只是重复一些细小的动作,勾着手,从小拇指换到无名指,戒指会碰到。因为速度加快了,有风吹进来,雾样的玻璃四周有缝隙,潘静起来把脸贴在缝隙上。不知时间过了多久,手机上的时间静止了,好像上升是一个时间,下降是一个时间,两个时间没有过渡。

越往下风越小,潘静又感到一阵清风习习,她想说出来但说不出来,继续下降可以看清地面了。地上长满了草,风吹着草往一个方向倾斜,潘静感到时间紧迫,躺了下来,车厢里可以坐十个人的样子,她躺下来也绰绰有余,正好有阳光照在眼睛上,对面站着的人糊成一团,随着光晕不断移动。

潘静用手遮住眼睛,就像一片有缝隙的树叶。快到底部的时候,忽然停了下来,刚才的阳光跟着暗下去,开始是白天然后是夜晚,彼此没有联系,月亮出来了,看上去特别小而且在自转,好像可以被握在手里。又是一阵风,很大,好像世间所有的风都往这里吹,雾样的玻璃被吹得清晰起来。

潘静坐起来,车厢里没人了。探出头去,下面燃烧起来,烟雾看不清,越来越多的火光从四面八方汇聚在一起,看上去比白天更亮,潘静看了很久,从上面看下面,又温柔了起来,有一种声音,有一种光线,因为十分壮观而显得温柔,或者说壮观被巨大的温柔完全覆盖了。又起一阵风,从前面的车厢刮过来,到她的车厢结束,车厢任意摆动,要下降了。继续。又停住。潘静并不害怕,只感觉宁静,风去了下一个车厢,马上又回来,风只在她四周,像海浪,好像城市的上空是一片海,托着她,因为很宁静于是火光不见了,夜晚又出现了。开始起皱,看上去不是夜晚,是容纳了白天的黑暗。

潘静就这样坐着,整个身体觉得特别舒服,身体里感觉有一个主要的自己,还有一个次要的自己。每次都是,次要的自己接受主要的自己的感受。潘静感觉自己刚好需要这样的舒适感。下面的街灯亮了，车厢又往下转动，往下看，东一个西一个，好像是人。这里动一下那里动一下，也有一些一动不动的，潘静盯着他们仔细看。万一他们动了呢？这让她感觉十分有趣。后面越来越清晰了，摩天轮下面是一个小区，有人洗菜、做饭、喝酒，香味扑鼻，还有对话，"咣当"一声，潘静醒了。

2

她感觉自己睡了很久。

醒来的时候她在自己的小屋子里，推开门，刘汉正在做自己的事。

"几点了？"她问刘汉。刘汉没有说话。如果他刚好在做一件自己的事，多半什么都不会说。

她拿来手机，早饭过后又躺了一会儿，现在快中午了。

她没问刘汉想吃什么，因为她知道他多半什么也不会说。

潘静去厨房准备午饭，刚拍了蒜，电话响了，如今，打电话的人不多，就算是诈骗电话她也要接起来听听。

电话里说："是潘静吗？"

"喂？"潘静回了一声。

不是信号不好。

"是潘静吗？我是云南的河源。"电话继续说。

潘静没想起来谁是河源，"喂？"她继续问。

对方也继续："河源。云南。云南的河源啊。"还加了"啊"字。

潘静放下刀，冲了手，去大屋子继续接电话。刘汉在客厅，小屋子的信号差。

"喂。河源？"潘静问。

"对，云南的。"

潘静说："哦。"

她实在想不起来自己认识一个来自云南的河源。

"我去年得了脑出血。"河源在电话里说，潘静走到大屋子的阳台，她望下去，街上几乎没有人，仅有的几个人看上去像花生米一样大。住得高望得远，她可以看见一公里之外的摩天轮依然没有旋转。她从搬过来就从没见过这个庞然大物旋转，摩天轮掩映在小区间，看上去它们是在完全不同的时间建造的，并且因为某些原因摩天轮一直无法拆除。

阳光很刺眼，她擦了擦眼睛。

电话里的声音变得很模糊，因为她压根儿想不起云南的河源，她想中午熬乌鸡汤，这次她要把鸡先过一遍热水。她看着楼下，走过一段坡道，就是那个小区大门，四周密密麻麻的楼房压住摩天轮，因为这些楼房都是这些年不断修建的，看上去参差不齐。

两边是最常见的杨树，已经发芽了，很整齐。看上去是同一个时间种植的，也是用同一种速度在生长。

中午很安静，因为太高听不见声音，有两三个人在走路，或者说有两三粒花生米在走路，背挺得还很直。潘静感觉有点滑稽。

她抠着手上的倒刺，有一根很完整地被她揪了下来，如果不能完整地揪下来，她会感觉今天不太顺利。接下来，她把整根倒刺放进了嘴里，津津有味地咀嚼起来，如果感觉焦虑，她就什么都吃。她现在就有点焦虑了，不知道怎么结束这个电话。

"我差点就死了。"河源继续说，"但我很知足，我没死。我有了一些新的想法。"

潘静拉上一部分窗帘，坐在床沿上。她觉得屁股下面是冷的、硬的，因为大屋子的暖气片坏了，可以说过去的整个冬天，她和刘汉都没有进来过。

阳光很大，好像更多的热量都被挡在玻璃外面，她忽然有点没耐心，云南的河源是谁？谁会叫河源？一定是个笔名，连姓都没有，或者说假名。听上去越来越像诈骗电话了。潘静感觉自己听得还挺带劲。如果是笔名，多半是个作家。潘静认识不少作家，甚至她自己就被一部分人说成是作家，几年前，她准不愿意承认自己是作家，她觉得作家太了不起了，如今，这种感觉不强烈了，是什么不是什么，都不重要了，强烈的感觉在她的心中消失了。就像一座大楼每天坍塌一点点,终于整个儿坍塌了,但没有造成什么人员伤亡,也许这就是人到中年的优缺点。

"你怎么会给我打电话呢?"潘静问。

"我打算午睡,然后就给你打一个电话。"

这番话听上去就像两个人昨天才刚通过电话,仿佛他们每天都会通电话,而且是在午睡前那样惬意的时间,在阳光下,躺在一张被烤得热乎乎的床上。如果没有这个电话,就不能保证有一个好的午睡。

"那你午睡吧。"潘静说。

自己就像在叮嘱一个多年的好友。日复一日,乐此不疲。

河源在电话里一个幼儿回答:"好。"

两个人又寒暄了一下就挂了电话。其实是潘静先挂了电话。

潘静往外面望,摩天轮被正午的太阳晒得亮亮的,看上去有一种很伟大的感觉。

3

从大屋子出来,潘静对刘汉说了三个字:"我爱你。"然后就去厨房熬鸡汤了。说"我爱你"三个字在他们两个人的相处中就是家常便饭,没什么不好意思说出口的。

潘静感觉自己还是非常爱刘汉的。

潘静刚去厨房，拍了几个蒜，手机又响了，是河源添加自己为好友，潘静点了通过。

"你好。"潘静打了两个字。

对方的头像是一个戴草帽的人，看不清脸，背景是一片草原，有几头牛在低头吃草，也可能是羊，潘静放大头像，看不清是牛还是羊。她甚至为这个形象纠结了一小会儿。地区也不是云南，是瑙鲁。昵称是"粪土情人"。

潘静点开他的朋友圈，2019年有两条内容，2018年没有内容，2017年有一条内容，2016年多起来。如今，已经是2020年。2019年的朋友圈发了一只小鸟，还有一个转发的电视节目。2017年也是转发了一个电视节目，是一档揭秘云南某座老城一夜之间一千多人消失不见的电视节目。

潘静没有继续翻下去。对方还没有回复，潘静又打了"我们在哪儿见过"这几个字，但是想想又删了。

一个小时后，潘静和刘汉喝上了鸡汤。

潘静喜欢往鸡汤里扔很多香叶，她喜欢它们飘在汤上的样子，看上去很无辜。

两个人吃饭都很安静，刘汉若有所思，潘静把两个鸡腿都给他了。

潘静比刘汉吃得更快也吃得更少，或者说因为吃得更少而更快。饭后潘静拿起手机，发现河源发来一张身份证的正面图，又过了一个小时，发来了身份证的背面图。潘静没有回复,也不知道回复什么。她更不打算问为什么是瑙鲁的粪土情人。并且她没有告诉刘汉这件怪事。进一步想,或者也不是怪事,只是正常人不会这么做,她觉得至少自己不会这么做。也可以理解成某种诚意吧,为了证明他真的叫河源,有人姓河。她还在网上查了一下——河,姓氏。渊源有三:一、源于风姓,出自伏羲氏裔孙的分封地,属于以居邑名称为氏;二、源于地名,出自唐朝时期的古河州,属于以居邑名称为氏;三、朝鲜半岛土著姓氏中有河氏。

潘静甚至有一点小小的自责,因为自己不了解就厌恶而自责。

饭后没一会儿,刘汉躺在沙发上睡着了,潘静给刘汉的身上盖了一条毯子,刘汉转个身,没出声。这条毯子是红色的,结婚时候婆婆送的,还送了一条绿色的,天气暖一些的时候潘静会盖。两个人同时盖这两条毯子就像两个年画上的人,好像生活里就不该再有什么伤心事了。被子上还走了金丝银线。此时看上去,刘汉就像骑了一条随时准备起飞的毯子。

4

潘静回到小屋子再次打开手机,已经有七个河源发来的文件了,吓她一跳。她看时间,是一口气发过来的,还有一句话:"我写的东西就存在你这儿吧。"

潘静翻了翻河源 2016 年和更早的朋友圈,想查查他们到底在什么地方见过,打开之后,朋友圈显示成了最近三天可见。

七个文件是七篇小说,有两个长篇、五个短篇,五个短篇里面有四个短篇都是重写的《小王子》,另外一篇叫《亲爱的,我们都在长大》,每篇小说他都做了解释说明。

潘静翻看这些,就像自己在打捞一艘沉船,甚至她更愿意想象成是一艘破船。

她特意转存到电脑上看。

河源说:"和人建立一种严肃的关系是多么困难,不需要玩笑掩盖。"这是他最长的一个长篇的导语。他给这本书做了一个封面,一幅表意不明的水彩画。

另外一个稍短的长篇的导语是:"木棉花开了,莲雾果红了,泡泡果开始有了成熟的企图,春风吹拂了湖面,春雨萌动了情缘,春花呢?开着吧!"这个没有封面。

听上去像是什么歌词,潘静想,可她一时又想不起来是什么歌词。

说来也巧,这段时间潘静也正苦于创作,姑且称之为苦于创作。当然这段时间持续了大概一两年。有人说过,如果一个人哪怕在短暂的时间内,比如一两年,不使用自己的才华,上帝将迅速地收回这种才华。潘静想,自己有限的才华一定不是上帝赋予的,因为上帝才不会赋予她这种普通人什么才华呢。但就这一点点爱好，如今也没有太多的冲动了。年轻的时候，她是无论如何想不出苦于创作这个词的，都苦了还创作什么？都纯文学了，能不没劲吗？如今不一样了，不绞尽脑汁地写点什么，真的是什么都不想写了，也写不出来了，越写不出来就越不想写，越不想写就越写不出来。

世界如此简单。创作就是好好说话，潘静想，但这又如此之难，只有自信的人才能好好说话，可一个自信的人，谁还会创作呢？创作不就是自我怀疑吗？一边自我怀疑一边自我痛苦，要是哪个创作者说自己没有痛苦过，那简直要怀疑这个人是不是活过，可是如今，她好像越来越不敢痛苦和怀疑了。

继续看河源发过来的东西，除了七篇小说，还有一个文件中附了一篇《出版惊魂记》，讲的是一个叫可原的作家成名之后，各种出版商、媒体人、广告商等蜂拥而至，搞得可原几乎称得上惊心动魄、魂飞魄散了。

从河源到可原，潘静感觉有点苍凉，但这种感觉并没有持续很久，她又觉得很有趣，于是把这篇文章贴在了自己的博客上，既然对方说"我写的东西就存在你这儿吧"，这样也不算侵权。

署名还是河源，但因为没有特殊说明，看上去就像河源是潘静的另外一个署名一样。几个小时之内得到了零星的点赞，大多是平时经常给潘静点赞的人，换句话说，就算写一个句号，也会有那几个人的点赞，因为他们不点赞就难受，可以说得了点赞综合征。每个朋友的每一条内容都要点赞，生怕遗漏，每天还要检查数遍。

贴了不到一个小时，河源发微信过来说："我认为我的小说会在国外卖得更好。"后来又对潘静贴在博客里面的内容提了几个意见："比如第一段可以砍去……"至于潘静是否应该贴出这篇小说，是不是有其他反馈，他只字未提。

5

那之后几天，潘静又陆续读了他的两个长篇，一个讲的是：巴布德是来自南方的贵族，从小父亲只给他吃海鱼，因为父亲相信海鱼是有见识的鱼、非凡的鱼，父亲想把他栽培成一个"质地优雅、有故事的人"。巴布德有六位堂姐，他童年生活在姐姐们温柔环绕和父亲交往的缤纷如云的工厂女工的身影中。巴布德从小就对城市向往，而父亲一直做着东方童话梦。父亲年轻时，梦想娶酋长的女儿为妻，与一名来自北方庄园的"神秘女"有过一段情。父亲的童话梦破碎后，接受一名中国老妇人的委托去东南亚为她寻找女儿，从此父亲开启了他童话般的一生。

这是潘静勉强概括出来的，但她感觉好像又不是这么回事儿，这篇小说描写得云里雾里，也许什么都没说，也许说了的内容完全超出了潘静的想象。

潘静不明白为什么有人给自己这样的东西,这和潘静的小说完全不一样,如果想说是文学的交流那真是天方夜谭。何况这样的小说潘静一丁点也不喜欢,难道河源完全不知道自己喜欢什么吗?谁会把自己的东西给一个完全不喜欢自己的人呢?

河源对小说进行了解释说明:

小说以父亲的"童话梦"和我的"城市梦"双梦交汇进行,双线推进。小说巧妙嵌入《一千零一夜》的结构,每一章节以一千零一夜里的一个故事命名,且内容完美映衬;在优雅热烈的文字下,犹如时代之利刃劈砍虚无。于美妙绝伦的字里行间,忽然间听到世界坍塌的回声。这是一本真正意义上的东方小说,堪称中国版《了不起的盖茨比》。读罢此书,你可能会高烧,你的"伤口"可能开出玫瑰来。

潘静读罢哈哈大笑,还摸了摸自己的额头看有没有发烧或者开朵花,除了摸到两个"青春痘",其他什么都没摸到。

另外一篇小说的主要内容和中心思想大概是:小说文本中时间的流动形成结构,以神奇笔法写"我"生下来会说话,还没学会走路就会奔跑,在妈妈的栽培下成为一个明星作家。由于长期以来缺失"爱的教育",在"我"性别意识开启后,把妈妈告上法庭。法院对"我"追讨"缺失的童年和爱的能力"的案件无法认定,遂以木偶代替审判童年。小说以整整一代"80后"作家为原型,立足功利时代,描摹当下人的困境。小说用十八万字写八个字——只有不安是真实的。

让潘静奇怪的是,两篇小说看上去完全不是一个人写的,每一个字看上去都不是一个人写的。她忽然有一种自己被戏弄的感觉。

6

那段时间,她没有联系河源,或者说河源没有联系她,如果对方不主动,她是不会主动的。她都不知道可以主动干什么。她没有办法让这些小说出版,更让人胆怯的想法是:她如果要对这几篇小说谈谈读后感,准会遭到河源的嘲笑。

7

那之后一周的某一天,河源在微信里说:"我刚才睡着了,做了一个梦。"

他发消息过来的时候,潘静刚好在看手机,所以第一时间回:"什么梦呢?"

回了之后,她感觉自己很愚蠢,就像用一个双手托腮的老少女。好像又被对方戏弄了,谁会在一周不说话之后忽然告诉你自己午睡时做的一个梦呢?就像告诉你,自己要午睡了给你打电话。在很多年不联系之后,甚至会告诉你他得脑出血了。谁能对一个脑出血的人不闻不问呢?

河源不是才打的字,是早就打好了复制粘贴过来的一段话:

> 梦里,我有一个好朋友叫拉莫,后来我失去了他,也可能是她,梦里分不清性别,也没有年龄感。我们为什么是好朋友,梦里也没有交代。我很着急,我因为一件事失去了拉莫。再后来的梦,就是我去北方养狼。因为失去了拉莫,我就再也不想和人类交朋友。于是我去北方养狼,我不会养狼啊,你说可笑不可笑,我害怕狼。梦里的时间是错乱的,最开始的时间和人类的时间一样,一秒就是一秒,一分钟之后就变了,梦里的一分钟看上去是人类时间的一小时,梦里的一小时看上去是人类时间的一个春天。

潘静感觉这个梦不错,至少比巴布德的故事和爱的缺失的意义具体得多。"我喜欢这个梦。"潘静在微信里说,但说过之后她又觉得特别苍白。想起和刘汉恋爱初期,刘汉经常问她饿不饿,潘静就回:"吃。"刘汉说:"还作家呢,语言这么苍白。"

我也和你交换一个梦,她继续对河源说:

我并不怎么做梦,大概一周前,我梦见自己坐在摩天轮上,摩天轮在一群居民楼中,似乎没有人对这座在居民楼中间的摩天轮感觉有什么异常,好像那个摩天轮就应该在居民楼中。摩天轮其实在一个游乐园里,游乐园看上去是由两个正方形组成的长方形,左边的部分是梦想、冒险,运用声、光、电、现代数码等手段,有金刚魔轮、飓风、侏罗纪探险、琼斯探险、音乐船、果蔬部落、海洋剧场、观览塔、奥利水站等游戏;右边的部分很单调,只有一个摩天轮,很多游乐设施深埋在草中,掉了油漆。梦里我和一个人去游乐园,我们看跳楼机,看他升上去,勾着手,等着掉下来,其实在梦里我很怕一件事,我很怕跳楼机一直不掉下来,你知道,那样的话我的心脏就要掉出来了。我们在一起又玩了很多项目,在梦里的一切时间都很短暂。梦里玩得最多的是摩天轮,所以我这个梦的重点,我觉得还是摩天轮,如果玩其他的游乐时间是一个春天的话,坐摩天轮的时间就是四个春天。

潘静打着字,觉得快被自己的故事感动了,虽然也不知有什么可感动的。她冷静下来想,让对方如痴如醉地听听也好。对方一直没有发来什么回应,幸好没有回应,如果他真的回应，多半会打断潘静，她想起梦中的很多细节，但没有再描述，她只是在脑海中拼贴。

"羡慕你会讲故事的能力，其实是有点嫉妒，不过你对我来说是一个陌生人，所以其实也不是很强烈地嫉妒。我连自己的问题都没有解决，我讲不了故事。"潘静换了个话题说。

"梦说完了？"河源问。

"不说了，我还没看你改写的《小王子》。我其实很想看。"

"我写的故事和他们的都不一样。"河源的自大又发作了。这让潘静有了一丝厌恶。于是她说："我觉得我其实也谈不上羡慕，你是另一类人吧？"

"你说自己的问题都没有解决，那是什么问题？"河源问。

"就是如果不解决就讲不了故事。"

"那我更奇怪是什么问题了。"

"就因为他们没有必然联系所以解决不了。"

"你有老公吧？"又过了一会儿，河源忽然问。

"怎么了？"潘静终于把问号打了出来。

半天都没有回应。

"我去上厕所了。"过了大概十分钟，河源说。

"哦。"潘静回。

"我怎么有你的电话呢？可能我们见过，反正我见过你。我都想不起来是真的见过，还是在微博上或者博客上见过，你别害怕，我对你不了解，如果说了解也就和一般人的关系一样。"

"一般人不会把东西放在我这里。"

"那你就扔了。"

"为什么要扔？我读了，我不喜欢，不是你不好，我就是不喜欢，我觉得你应该把它放在喜欢的人那里。"潘静接着说，"和你多聊两句吧，如果不是陌生人，我就不会和你聊这些，你知道，熟人之间是不聊文学的，这太傻了，所以我们肯定不熟，这显而易见。可是关于我的小说，你一句话都没有，这让我感觉不正常。我当然不是说你是个骗子，我都有你的身份证照片。不过你还是不要对我的小说发表什么看法了。"

说了一大通之后，潘静又感觉很自恋，好像别人最好对自己的小说也有点看法才好，尤其是对她这样一个正苦于创作的人，但是她又怕真的听到什么看法。

"梦里充满了错误，但是又觉得特别对。"河源打过来几个字。

这几个字让潘静感觉愤怒，愤怒是因为自己刚才所有的话都白说了，就像一个拳头打在水里。

"我就是因为写得太好了出不来。"河源继续说，"所以发给你，也就不想出来了，这有点悖论是不是，应该烧了，抽屉文学就应该烧了。另外，你别生我的气，我这个人就这样。《小王子》就别看了,其实不是四遍,就是一遍,可能有一点点的区别,但一个人怎么可能写出四种《小王子》呢,我又不是精神分裂,你说对不对?反正我就是出不来了。"

"你觉得怎样才能走出来?"潘静继续问,她感觉只有说自己的话题而不是回应什么话题才可能不被河源嘲笑。

"就是通常意义上的出来吧,我没有深入想这个问题,没什么意义。"

这让潘静想起几年前去另外一个城市参加的笔会,聊的主题就是出来与出不来,大意就是:不要在广场上谈文学,报纸、互联网都是广场,在这些地方谈论就是出来了,但其实也只是解决了一个"假出来"的问题,仍然不是真出来的问题,所以文学可以说是只对少数人开放吧,这很正常。

但潘静没有把这个想法说出来,她觉得太严肃了,她只打了几个字:"要是说出来,就一个,人都得死。"

"是,人都得死。"河源说,"所以人要干点什么。不光死,还会老呢。"

"不一定非得干点什么。"潘静说,"反正会死,干脆什么也别干。"

潘静这么说不是气话,她就是突然觉得没什么意思了。

"无非是悲伤之论,且是虚妄之论,就像你小说里写的那些一样。"河源说,"我都看过,你不是说我怎么没有看法吗?"

"算了,你也不用说了。"潘静感觉接下来的话会让自己受不了。

"嗯,我不讲了。"河源说,"对了,你可以把我之前发你的七篇小说打印出来看,反正它们也从来没被打印出来。之后,我可能去南方,南方很大,我想找个靠近海的地方,比如某个渔村。我还有好多想写的,但不写了。"

8

之后很长时间,大概一个星期、一个月、一年,他们都没有联系,因为很久不联系,潘静又将对方的微信删掉了,她有经常清理微信的习惯,这让她有一种每天都是新的一天的感觉。之后,她连那七个文件也删掉了,如果谁想找自己还有电话,不是吗?

9

生活继续。在某一个短暂的时间段内,可能是一个星期、一天、一个小时,你和某个陌生人随便聊聊,但也远没有到达畅所欲言的地步,甚至描述过某种梦境,而这些梦境在独自一人时很难想起,因为一个梦境需要另外一个梦境的指引。如果没有指引，哪怕最亲近的人都无法靠近。潘静在和河源聊天的短暂时间内，刘汉就像完全从她的生活中消失了一样，骑着红色的毯子上天或者从沙发缝溜走了，有时候潘静会想到巴布德或者爱的教育，但她也并没有因此多读一遍。删掉之后，更不可能读了。

吃过晚饭之后，潘静和刘汉会准时坐在电视机前收看某些音乐选秀节目，他们甚至连中间的广告都不错过，刘汉总是能找出很多这样那样的节目，这可能和他的工作有关，潘静这样想。

有一天，他们正在看节目，潘静问："你做过的梦有没有在某一天变成了真的？"

刘汉一直被荨麻疹困扰，感觉有什么东西正在抓挠自己的身体，所以他几乎对潘静的话无动于衷，他把潘静的手拉过来，伸到自己的背心里面，指挥潘静给自己抓挠。

"用指甲。"刘汉说。可是潘静的指甲很短，她每次长了都会自己咬掉，就和手上的倒刺一样，于是她只能用小指肚在刘汉背上抓来抓去。

抓挠了一会儿，刘汉说："什么梦呢？"

此时电视上正出现一个打扮夸张的歌手。两个人都觉得太傻了，就关了电视。房间里瞬间安静了。

"你有过梦想成真的时候吗？"潘静问。问完之后又觉得问这个问题很傻，好像是被刚才的节目传染了。

潘静担心刘汉说出"和你结婚"这种话。她不知道是不是所有的好男人都不善言辞，但刘汉确实不善言辞，两个人经常不说什么话，如果一定要说什么就是潘静说，其实刘汉可以说"我爱你"，或者"和你结婚就是梦想成真"这种话，连傻瓜都能想到的。

刘汉不知道说什么的时候，他就会抱住潘静，潘静甚至想，这是他能做的为数不多的事，但也很知足了，就好像一个人得了脑出血但没死那样知足。

刘汉就这样抱着潘静去了大屋子，天气转暖，在这里睡觉不会冻着了，潘静把脑袋枕在刘汉的肩膀上。

"你知道它是什么时候有的吗？"潘静指着摩天轮问。

"我搬过来的时候就在了。"

"你搬过来的时候？"

"大概两年前，一个春天。"刘汉叹一口气说，"那个时候，我们还不认识。"

"我觉得这不合理。"潘静说，"它从来不转。"

"也许以前转过，也许以后也转。"

"没准它坏了。"潘静说，"或者它坏了，没人知道。"

"你喜欢吗？"刘汉问。

说着，刘汉把潘静的腰搂紧了一点，因为怀孕，潘静的腰已经粗壮了很多，但目前还是看不太出来怀孕。不过很快就会显怀了。

"没人知道这个摩天轮的前世今生。"潘静说。

此时此刻,她也能感觉到刘汉滚烫的手在腰上有了重量。

"再搂紧一点。"潘静说。

因为只有她自己知道,她需要更多的重量。

"会不会有人看不见这座摩天轮?"她问。

刘汉没有回答,潘静又自言自语:"反正我和你看见了,对吧?"

就这样,两个人对生活有了具象的认识,像此时此刻,刘汉的手在潘静的腰上,庞大的摩天轮将整个视野一分为二。

塌 陷

1

一个做筷子的人给姜大艳发微信说:"筷子能不能进书店了?"

这个做筷子的人起初是做房地产的,如今尾款难收,改行做筷子,注册了"jing 筷子"的商标,大概就是"京筷子"的意思,可能还有其他几个意思。筷子的价位从几十元、几百元、几千元甚至上万元不等。上万元的筷子,一定镶嵌了大宝石。销售渠道主要是网店,但是为了增加几十元一双筷子的体验性,也要找一些实体店。于是,他找到了姜大艳。

"我在办理离婚手续。"姜大艳回了微信。

对方很快发过来:"那你先忙。"

"一分钟。"姜大艳想——离婚这件事,就一分钟,可能半分钟也够了。她和赵为需要调节吗?不需要。有财产吗?有子女吗?有共同债务吗?

用赵为的话说:"我们是和平分手。"

赵为这句话不是说给姜大艳听的，好像是说给办事员听的。

这里一共两层，地上一层是做婚前体检的，办事大厅位于地下一层——结婚大厅和离婚大厅共用，必要的话还可以有复婚大厅、再婚大厅，这样想的时候，姜大艳感觉很气派。马上夏天开始了，或者说是春天的结束，这取决于每个人的不同理解。

办事员低头打字，然后抬头，看着坐在对面的姜大艳和赵为。

"职业？"办事员问。

姜大艳抬头看着办事员说："作家。"

"职业？"办事员又问了一遍。

赵为看着姜大艳说："电影人。"

办事员狠狠地看了一眼赵为。

姜大艳望着前面墙上的一个蚊子点出神。

低头打了几个字之后，办事员抬头说："没这两个职业，就给你们写特殊技术人员吧。"

"好。"姜大艳说。

"什么是特殊技术人员？"赵为问。

半分钟之后，两个人办完了手续。走到地上一层的出口，也就是分开的地方，姜大艳快步往自己停车的地方移动，她怕贴条。赵为走得很慢，姜大艳瞥了他一眼，忽然感觉这是最后一眼，赵为没有和她的目光对上，赵为拿出手机拍路边的花花草草。他拍得很认真,还蹲下来拍,姜大艳看了看他的屁股,一个快五十岁的人,这个屁股未免太翘了。

　　自己的车果然被贴了条,姜大艳将贴条撕下来,揉成一团扔在地上,又往四周看了看。上车,开空调,冷风调到最大,她看了一眼温度计,外面是三十三度,所以,这到底是春天还是夏天呢?这决定她是一个在什么季节离婚的女人。冷风呼呼地吹着,这是一辆高级的小轿车,车内温度很快就降下来,姜大艳忽然想起赵为曾经说——"让我开开"。可是姜大艳一次都没让,就算自己外出的时候,也是把钥匙随身携带,生怕丈夫(如今的前夫)拿去开,她怕什么呢?

　　重新打开微信,看到卖筷子的人说:"那你先缓缓?"

　　"缓缓?"姜大艳喘着气。听上去像是给自己判了缓刑。副驾上七零八落地放了六瓶菠萝汁。两个人本来约的九点办事,也就是办事处开门的时间,到了之后,姜大艳找不到赵为,于是打电话,到了十一点赵为才回:"睡过头了。"他回得那么轻松,就像睡过头也是他们离婚中的一个必要步骤一样。他们都是那种随便有点什么事就会失眠的中年人。如今还敢睡过头,姜大艳觉得悲哀。

　　"别催。催就不离了!"赵为最后在电话里说了这么一句。生怕姜大艳说出什么诅咒的话,于是他自己先说了这么一句狠话。

姜大艳挂掉电话之后跑出去，公园门口正好有人在卖菠萝汁，买五赠一。她想清醒清醒。

她一手拿三个放到车上，她想打电话冲赵为大骂："赵为，不是我求你离婚，是你应该和我离婚，不要让我把你的恶心事说出去！"

但是她只是这样想了一下，用菠萝汁冰镇着脸，很快就平静下来，因为事实上，她实在想不出赵为有什么恶心事，如果有的话，那就是所有人都有的吧。

自然，这都是之前的事情了，也是已经都结束的事情了。

"你先发过来一个筷子的清单，我让文创的负责人看看。"姜大艳缓了一会儿后回复。

她从兜里掏出红色的小本，看了看，自己的照片太丑了，这是某一年为了去欧洲旅游拍的证件照。她合上小本想，当时去欧洲旅游的时候，可没有想到它会变成离婚照。之后，她用手机拍了封面，打开朋友圈，写了"分手快乐"四个字，又斟酌了一下标点符号，点了发送。就在这个时候，赵为的电话打了进来。

"怎么了？"姜大艳问。

"我看你的车还没有开走，是不是在一个人默默垂泪？想跟我谈复婚的事？"

姜大艳挂掉电话，从后视镜看到赵为，他在阳光里金灿灿的，姜大艳打开车门，拿了一瓶菠萝汁下车，走过去递给他。

赵为打开易拉环，喝了一口，冲空中咂咂嘴，很夸张的样子。

姜大艳知道，他就是这样的人。

姜大艳回到车上，启动了发动机，她没有再从后视镜看，很快驾车开远了。在一个红灯的地方，停下来，她的车排在了第一个，有时候连这样的小事都会让她觉得愤怒，红灯就是这样，赶上一个就赶上一天的，赶上一天的就赶上一生的。

如果不送菠萝汁，就不会在这里等红灯。

这是一个很大的十字路口，红灯时间很长，指示灯在倒计时，还有九十秒，她盯着后视镜看，忽然一阵酸楚，于是打开手机，把那条朋友圈删掉了。删掉之后很多留言还在，她粗看了一眼，多半都是——"离婚证也是红的啊"。

那些既认识她也认识赵为的人，都没有评论，共同生活了七年，两个人终归有些共同的朋友，有些一开始是姜大艳的朋友，有些一开始是赵为的朋友，后来就混在一起，其中还有一个姜大艳的朋友和赵为的朋友谈了一场轰轰烈烈的恋爱，不过以悲剧收场。总之，这都成了姜大艳和赵为的不是。甚至有一次她和赵为争吵的结束语就是——"瞧瞧，瞧瞧你那帮朋友，和你一样！"

这时，后面的一排鸣笛声将她的思绪打断，红灯变绿灯，她快速开动车子，副驾驶座上的菠萝汁滚到了前排的座椅下面，在狭小的空间内左冲右撞。

很快，车就开到了悦城。

悦城是本市东边的一个大型购物中心，因为四周方圆几里的住宅区只有这一个购物中心，所以总是人山人海。尤其到了周末，是平日人流的十倍左右。姜大艳所在的书店在这个购物中心的顶层，当初老板用很低的价钱，在这儿开了一间本市最大的书店，实际面积三千平方米，这可能是唯一的亮点，也是投资人的梦魇——收益周期太长了。姜大艳很抵触来这里，她害怕见到那么多人。周五晚上，那些下班后无所事事的人混在一起，就像一条要将她冲进去的污水管道。那些逛街的人乘坐飞天梯上到顶层，然后随便翻一本书，或者喝一杯网红咖啡，吃一家网红餐厅，再做一次网红有氧运动，这一切都是为网红准备的啊，不是网红都不好意思来，或者说，这就是一家彻底的网红书店。

姜大艳在这家书店的角色很另类，或者说有点不伦不类。同事们很少见到姜大艳，因为他们清醒时间是每天早十点到晚十点，也就是购物中心的营业时间，他们会在店里为顾客服务。姜大艳在同事眼里，首先是一个作家，一个几乎完全没听说过但确实出过几本书的作家，在书店负责"品牌宣传推广"部门，说是一个部门，其实只有姜大艳和一个助手，但助手总是来来走走，从年底开业到现在，三个月已经走了四个，姜大艳不想妄自菲薄，但到底是不是自己的管理方式出现了问题？这很容易让她联想到自己的婚姻状况。

她坐货梯上到顶层，理由很简单，货梯没人。或者说，她感觉运送自己和运送一件货物没有什么区别。来到书店，她感觉有点疲惫，也没人知道她去了哪儿、做了什么、见了谁。只有老板正在"雪夜访戴"等着她。

"雪夜访戴"是书店里面一个五十平方米的茶室，对外开放，可是外人并不多，大多是书店的人，谈事情就坐进来，要一壶茶，热的或者冷的，冷的称为冷泡，放在高脚杯里，一般是茉莉味，看上去有点像香槟，给人一种白天就要喝多了的感觉。姜大艳的老板喜欢喝这个，每次都要泡几泡。见姜大艳过来，老板说："喝一杯！"他好像真把茶水当香槟了。不规则形状的桌子椅子，看上去很"野兽派"，是家具厂赞助的，也可以说是家具厂放在这里展示的。姜大艳坐过来，桌子和椅子之间的距离对她来说太远了，但是她挪不动，所以就只坐了椅子的一个边儿，她想起赵为经常和她说的——"你是小短腿"。事实上，姜大艳觉得他说得没错。她又往前移了移屁股，不光是小短腿，自己的屁股就像个肥皂盒一样。她整个人都坐不稳。

姜大艳的老板姓赵，姜大艳叫他赵总。天很热，于是她又干了一杯冷泡茉莉，一饮而尽。现在是下午三点，姜大艳想，自己已经单身三个小时左右了，十分有纪念意义。茶室的外面是书店的景观区，老板请了资深的景观设计师做了日本枯山水，一层贴着地皮的苔藓，眼下苔藓已经有些黄了，苔藓四周铺满了小碎石，每天早晨开门前，会有保洁员用工具扒出一条一条的纹路，洒上水。在本市，这样的景观并不多，但老板说上海到处都是。他在上海做二级市场，赚些快钱，用他的话说，开书店是为了梦想。姜大艳又喝了一杯，壶里已经空了，她想，说得没错，有钱人更容易实现梦想。

赵为一直也想搞一家书店，两个人还是夫妻的那些年，他们在晚饭之后去小区周围散步，看着一些门面，赵为会说这个地方不错，或者看着另外一些门面又说那个地方也不错。他会自言自语地说一个小时，姜大艳通常走在他的前面或者后面，两个人总是隔开一段距离，从这段距离不难看出他们正是一对结婚数年的夫妻。

书店的业绩一直堪忧，每个月租出去的空间可以勉强支撑给购物中心的房租，但是离投资人期待的回报还差得太远，而且眼下也看不出更多变现的可能。过两天会有一个网红来书店做签售，与其说是姜大艳找的，不如说是网红自己找上门的，因为他们这儿就是一家网红书店，还有比在这里签售那些不三不四的写真集更合适的地方吗？写真集售价一百九十九元，老板打算把书店的购书卡和写真集打包成九百九十九元的大礼包，他们此刻就是来继续商量这件事的，购书卡的零售价是一千元，这是最低档，还有五千元和一万元的，档位是老板亲自定的。当然，一千元不仅可以买书,也可以买文创、饮品、小食。可以说,饮品、小食和文创是书店主要的收益来源。一千元里能有一元是买书的就不得了。

　　书越来越贵了,平均价格是七十元,姜大艳来书店工作,可不是因为爱书如命,最多有一点爱。她自我感觉良好,和其他的销售人员相比显得格格不入,她有时候会想起自己小时候逛过的书店。那些真正意义上的书店,而不是什么用书做视觉和行走的通道的主题空间。在那些真正意义的书店里,总有一个年龄较大的人,什么也不做,就是整理书,除了选品还有展示,他与它们一起构成了书店的一部分。如今,这里什么都不是,她知道,这就是一个商场。

　　老板大概的意思是确认加上书店的零售卡,作者会不会有意见,粉丝会不会有意见。

　　"我去问问她。"姜大艳这么说的时候拿出了手机,手机已经没电了,但她还摆弄着,可能想营造一种雷厉风行的感觉。而且看上去仿佛和作者很熟,其实她们一点都不熟,她甚至不愿意用"作者"称呼那个网红。姜大艳自己也是一个作者,如果那样的算作者,那自己算什么呢?命名的不清晰导致思维混乱,她想,没错,因为世界上根本不需要有什么作者,这个作者还不是来帮我们卖卡的?

　　因为手机没电了,于是自然没有收到回复。

　　"她还没回复我。"姜大艳说完之后放下手机。

"明天会来多少人？"老板问，同时又招手要服务生送了一壶冷泡，茶已经上来了，老板又忽然说："要不要换一个尝尝？"服务员穿了中式衣服，蹲下来倒茶的时候裙摆拖在地上的部分已经有些磨破了，看上去脏乎乎的。

姜大艳觉得多此一举，老板并不用亲自管这些，所有人都来管业务，那一定是业务出了问题。

"大概一百人吧。人多了要上报。"姜大艳说。

"才一百人？"

"也可以多放点。"姜大艳说到多放点的时候，就像在说卡车上还可以再多放十斤西红柿、黄瓜之类的。

"能多放多少人？"

"主要是时间、钱都来不及。"

"那只有我们自己的保安吗？"

"我们自己的不行，必须用购物中心的，一个人两个小时两百。"

"什么叫必须用购物中心的？"

"我们就在人家里面……"姜大艳没说完，赵总摆手："就这样吧。"

"人要来多了怎么办？"

"其实很难统计，有很多自然人流。我们拉上一米线就好。"姜大艳说，但其实她心里想的没有说出来——"千万别多来"。

姜大艳接着说："现在的问题就是，不做捆绑销售肯定能来一百人，做了肯定来不了，作者也不能向自己的粉丝卖我们的购物卡。"姜大艳看了下手机，"这好像是作者的意思。"

"这个作者的签名值钱吗？"

"这个作者来不来都行。"姜大艳说，"她请的几个嘉宾比较值钱。"

"我们能不能弄一堆签名书，然后在网上卖？"

其实书店的网上系统一直没有做起来，因为没钱。

"好！"不管老板说什么，姜大艳都说好。

但有一个问题，她接着说："得保证那些签名书都在我们手里。"

"店员现在有多少？"老板问。

"那天是周末，他们都得盯销售。"姜太艳还没说完，老板起身说："我去接个电话。"

老板出去之后，姜大艳也起身去外面借了一个充电宝，她想起了一个故事：一个姓王的人，住在绍兴，有一天夜里，他从睡梦中醒来，打开窗户，看见外面下着鹅毛大雪，颇有意趣，于是叫仆人倒酒。喝着喝着，他忽然想到一个姓戴的好朋友，但是这个朋友住得比较远（不在绍兴），于是王先生冒着雪去找戴先生，他兴致勃勃地坐着小船，天亮才到达。刚到，便返身而回，别人问为什么，他便说："乘兴而来，乘兴而归。"

姜大艳回来的时候，老板也回来了，他问："晚上要不要一起吃饭?"

"和谁呀?"

"佛友。"

"那我不去,我太俗了。"

而且她知道,所谓的佛友就是他们金融圈的一些朋友。

"我原来倒是认识一些群演可以扮演读者,然后帮我们要签名,最后把书拿回来。"姜大艳接着说,"不过估计他们都不接这个事,还要假装知道这人、知道这群嘉宾,最后吹嘘完了还要弄几个问题,还不能太不专业,我觉得一般群演不干,可以干的酬劳也贵。"

"嘟嘟嘟……"老板的手机响了。

"我得走了。"老板说,"你看着办吧,别瞎弄。"

姜大艳不知道什么是别瞎弄,就很大声地说:"好!"

打开手机,卖筷子的人说:"我现在没有什么清单,我明天上午去找你,看看店里怎么摆,你在吧?"

姜大艳很怕别人问完事情,向她忽然来一句"你在吧"。

"我十点有签售。"姜大艳回复。

"正好。"卖筷子的人说。

姜大艳想,你别来添乱,你过来帮我冒充读者还行。

她把剩下的茶喝完,她记得自己小时候不喜欢喝白开水,喝白开水头疼,她最喜欢喝别人剩下的茶,再加一勺白糖。这个习惯大了之后就戒掉了,具体是什么时候戒掉的,她说不上来。

"叮",手机又响了,是赵为发的微信:"我把你的大件东西都整理好了,过几天快递到爸妈家。还有一些小件的东西我要整理一下。"打完这段话,赵为还发了一个表情,这个表情大概是新下载的,十分可爱,姜大艳从来没见过。她打开赵为的朋友圈,最新的一条是自己曾经抱着睡觉的娃娃和一道墙上的阴影。姜大艳不知道他说的大件和小件是什么,她想到自己才是真正的净身出户。一个人只要目标明确就没有做不成的事,比如自己要做的就是离婚。

姜大艳虽然有一份工作,但在周围朋友嘴里,她还是一个"写小说的",有那么几年,她的产量颇丰,便混进了圈子,大概就是一些主流评论家和作家组成的圈子,继而成了一个所谓的"著名女作家",还获了几个证书。

姜大艳感到愤怒,不知道是不是自己太厚道了。

后来她又看了下手机,忽然想起来明天上午于——还要过来说短片的事,这下好了,全挤在一起了,要不是因为查看手机,她完全忘记了。她觉得,这都是因为离婚闹的,她还以为自己心平气和呢。

2

姜大艳是我的一个朋友,我们曾经共事几年,如今不常往来了,因为我搬到了本市郊区的一个地方住,那个地方最出名的是肉饼。我就在那个地方拍起了电影，或者说是准备一个短片，因为没有更多的钱搞电影了。某年夏天，火了一档节目叫"乐队的夏天"，我周围不少同行都说应该再火一档节目，叫"电影的冬天"。

我在拍的这个短片的灵感正是姜大艳出版过的几本小说，用她自己的话说——"在参差不齐的几本小说中找到的灵感"。去年，我的状态很不好，既无事可做，又享受不了无事可做的状态，于是把姜大艳的小说看了一遍。之前也看过，大体感受和她说的符合——参差不齐。实话来讲，我觉得放在如今，这些小说都出版不了，光听听那些书名就出版不了，有一本叫《火是我点的》，这不是公然的挑衅吗？这算是她参差不齐的小说中比较偏上的；还有一本叫《生活爆炸》，这简直就是挑衅的升级版，这本也勉强算是偏上的，剩下的就是偏下的了。

那些偏下的和这些偏上的小说，以及互联网上、社交媒体上散落的片段，构成了姜大艳这个人。有时候我也觉得怪没意思的，来来去去就那几件事，有时候她扮演男的说出来，有时候就是女的说出来，有时候是第一人称，有时候就随便起一个人名，而且和她熟悉的人都知道，她起的人名多半是周围朋友的名字。

所以我觉得写小说的人，或者说搞文学的人，有时候品味一些别人生活中吐出来的东西，里面偶然有些普遍真理和人之常情就拿去赚稿费了，还一度成了著名女作家。

在天上飞来飞去，不是去参加这个文学笔会，就是去参加那个思想论坛，还有一次飞出了国，去了世界四大书展，和亚非拉创作者坐在一起。

世界上的事情，如果不是用英文写，就有一半的人不知道，或者说一半多，所以姜大艳自然坐不到四大书展的彩色沙发席。虽然她是我的好朋友，至少算是朋友吧，可我想那次飞到国外也就是她的文学顶峰了。女作家总少不了丰富多彩的爱情故事，以及她失败的婚姻。

她和赵为，我都熟悉得不得了，其实我和赵为反而更熟。我们都算做电影的，赵为看不起我做的电影，虽然他不明说，因为我住在一个生产肉饼的郊区，做些艺术电影，或者假艺术电影。只有穷人才做的电影，或者说越做越穷，那些票房几十亿和我们是没关系的了。而赵为，至少在和姜大艳做夫妻的那些年，他们住在本市最贵的楼盘，一个月的租金大概就是我一年的生活费。我也不知道是不是因为这个，赵为什么也没做出来，光忙着当项目管理和制片了，离他想干的"真正的类型片"还差得不少。可说实话，我希望他成功，因为赵为也是一个好人啊。

我希望，更多的钱能让好人赚。姜大艳也是好人，可是好人和好人在一起就是不行。姜大艳已经快三十六岁了，虽然长得依然年轻，甚至还算漂亮，但嫁出去，我想不是一件简单的事。

如今她和我一样，是单身了，就像周围的很多单身姑娘一样。至于赵为，我也不知道他会不会再结婚，他和姜大艳离婚后，我和他也就不单线联系了。

姜大艳的小说都是一些人物的状态，没什么故事。我想这可能也是她不能大红大紫的原因。大家因为需要一个故事，善恶分明，因果报应。可是再看下我改编的她的故事，简直是没头没脑。

一共四组关系：一个是开房的男女，她仿佛写的是我的故事，想说出的分手最后也没有说出；一个是同学聚会，一对昔日的恋人彼此不敢看对方的皱纹；一个是朋友关系，冒死去帮忙但也感觉只是朋友；最后一个是夫妻关系，也是姜大艳在这些小说创作中最熟悉的关系，她多半以自己为蓝本吧。没一个幸福的，也不是轰轰烈烈的不幸福，就是那样不死不活，感觉可以这样活一个世纪，或者就在下一秒死去。

这四个故事的主人公都是文化人，这也是和她平时接触的这类人有关，或者是装成文化人，总之没有什么工人啊农民啊，也没有创业的、国企的。简而言之，是社会的一小撮人，因为某些原因，享受到了社会剧变带来的成果，于是，文化着、艺术着，没有经历生存极限。我在电影中大概表达的就是这个意思吧。

目前来说，我设想得很好，这也是我和姜大艳在她的书店见面聊过一两次的结果。明天我去找她，因为众筹结束了，还缺不少钱，看看后面怎么弄。除了钱，我觉得她能给我关于影像上的建议很少,她给我最多的建议是这群人多么的可爱、善良、软弱。我想,是的,她最容易被男人骗,可是运气尚且好。

我每次去见她,都要和她提前约,因为她多半不在书店。姜大艳是我认识的第一个在购物中心上班的人,她还有一个导购证,证明自己没有肝炎。她给我展示的时候,一定觉得可笑至极。我们曾经一起做过媒体,如今媒体烟消云散。此刻我想起来了,她有一本水平偏下的书就叫《烟消云散》。

我目前的片子,四个人物,在四个平行空间,但我希望在影片的前半部分,四个人物像在一个时空里,四种不同的情绪交织着。在片子的后半部分,我想用长镜头将四个故事具体展开。

宇宙好似一个巨大的磁场,每个人又是一个微小的磁场,干扰的时候,又互相消解着。以一种复调的方式,展开一个充满矛盾的、似是而非的、后现代的场景。

我想,可能是因为后现代这件事,让她不能有故事。电影的名字我还没有想好,我想以姜大艳的影响力,虽然她现在有点过气了,能招揽到钱的可能性微乎其微,但也不会一点作用没有。我需要二十万吧。这就是当初想做她的片子的初衷,如今众筹连一半都还没到。

众筹有点沿街要饭的意思,所以内容要写得特别惨,题目最好有"于一一""贫困女导演",最好还要有些"追梦"类似意思的字眼。如果定位不是贫困女导演，那这个片子就注定会赔钱，更别提什么追梦了。

记得有一天，姜大艳问我是不是一定要拍？我的回答斩钉截铁，大概就是我如果不做这件事，我做的其他事就都没有意义了，要不然回到东北老家开一个小卖部，但是实体经济都不行了，那我就上快手开个小卖部。

我对这个电影的内容在内心里是肯定的，至少觉得比大多数文学作品值得拍。其实我曾经写过一个故事，大概就是一个孤儿追寻八十年代文艺家父辈生活的故事。这个我杜撰的孤儿的父辈，也就是这个文艺家，并非子虚乌有，就是姜大艳最好的朋友，或者说酒友吧——陈年。我曾拜托姜大艳把这个故事给陈年看，后来我问她怎么样，姜大艳说陈年没有回复她。但我想，可能这个文绉绉的故事在酒桌上出圈了。

我曾经参加过一次姜大艳和陈年的酒局，他们才不会说什么文艺家的孤儿追寻八十年代父辈生活的故事呢。所以我敢说，姜大艳多半没有把这个剧本拿给他们看，但这不能怪她。因为她除了喝多，就是即将喝多，如果有什么区别的话，就是迅速喝多还是更迅速喝多的区别。我只在这样的饭局上出现过一次，出现过一次就等于没出现，或者用他们话就是——"这样的姑娘只是偶尔缺心眼一次喽"。可是姜大艳已经缺心眼很多年了。

不知道喝酒这件事对她离婚产生多少影响。

我最想在电影中表达的是"场"的概念，怎么翻译"场"我没有想好。我问过一次姜大艳，她说就叫"烟消云散"，这样倒省事了。她反复写过很多人，在二十世纪叱咤风云，或者说赶上了一个属于他们的时代，后来在二十一世纪初被抛弃，像钟摆一样随时准备摆出去，但一直没摆出去，稳定地居于边缘位置，对比顺势而为的人，反而显现出一种天真，有时候连愤世嫉俗都没有。我想，她写的不是别人，可能就是"陈年们"，这些人，是她所有叙事的中心。其实私下里我和几个朋友说过，这也怪无聊的。但每个人都无聊，我的拍摄也很无聊。

他们是在所有时空里共振的一群人。我不相信平行宇宙，否则就是对能量的一种浪费，或者说精神分裂的他们被边缘化了，现在呈现的是残余的部分，有过英雄主义，爱也罢、恨也罢，这一切都不是理论的，都是主观的。

这是我和姜大艳的第三次合作，之前她在互联网公司工作的时候，帮我拍过两个实验短片，一个叫《门》，我拍了各种各样的门，大概不到两百张照片，因为没有钱和时间去世界各地拍摄，所以只拍了中国的，包括火葬场的门，这是特殊的门，其他的是不特殊的，当然可能也没有什么特殊的。还有一部分门就是人的身体，身体的门就是时间，烙印在画面之上。眼睛、嘴巴、鼻孔、耳朵都是入口。五官组成了中国的水墨画。布莱克说："当知觉之门被打开，人们就能看清事物的本来面目，无穷无尽。"

短片里面用了窦唯的音乐，不喜欢的人会觉得装神弄鬼。窦唯的音乐也是姜大艳不花钱找到的，她曾经和窦唯那个乐队的人谈过一场恋爱，大概是在她结婚之前。有时候我想，婚姻不幸福，多半是她谈过太多恋爱了。如果是这样的话，那我的婚姻应该很幸福。

如果离婚了就是不幸福，那反过来说，是不是不离婚的都是幸福的。这么说也没人敢肯定。不能说每个人都不幸福，但不幸福的人我想为数不少。

我们一起合作的另外一个短片叫《吃饭的时候我们谈谈爱情》，我拍了各种各样的爱情。其实是十三格爱情，有好多我都叫不出来的名字。所有被拍摄者被我们安排在了一个长条的桌子边，他们且吃且喝且讲，且不另做打算。这个纪录片最难的地方就是找到十三个人。姜大艳能支持我搞这个片子，我感到十分意外，因为她是异性恋。

"我太喜欢男的了。"她说。

"为了证明我不是同性恋，说我是慕男狂都可以。"这也是她自己说的话。

要说她喜欢什么，多半是她自己，看看她的小说就知道，大多是第一人称——我。

有时候觉得，是"我"把她害了。不然，她为什么会离婚呢？

虽然用她的话说"离婚是因为结婚了"。

曾经有媒体评价过《吃饭的时候我们谈谈爱情》，后来成了几个非主流媒体的报道对象，大概就是造了一个性别身份集合的反应堆，用特殊接应特殊，最后导致的是既定的身份定义取消了。

创作是一件非常辛苦的事情，所以其实不创作的时候，我也没有看更多深奥的东西，我家里有几本《笑话大全》，看的时候很开心，不看的时候就全忘记了，我想，大概有某种编造笑话的秘诀，如果我掌握了这个秘诀，就可以记住全部的笑话，并且自己也能写出来，要是能写笑话，我多半也就不搞这个片子了。

3

第二天早晨，我去了书店，姜大艳也在。在"雪夜访戴"外面，我们两个人说了一会儿话，大概内容就是我还缺钱开机，姜大艳当场就给我转了两万，还说了一句："就当凑了个顶级众筹吧。"

我感觉她这句话真是一点也不搞笑。

"这还是你必须做的事情吗？"这是她第二次问我。一个给了两万块钱的人当然有资格问。

商场还没有开业，四周有人在布置一个小舞台。

我说："你去忙你的吧。"我一个人在外面站了一会儿，心里想着问题，这还是我必须做的事情吗？

拿着钱，我也不知道接下来是继续冒险还是不冒险，冒险就是关于电影语言的实验性,主观的视角、水的视角、火的视角、狗的视角、人的视角、鸟的视角,或者随便什么的视角。我也怕冒险,害怕再没机会拍电影。

姜大艳这个时候又过来问我什么时候回去,她要我等等她。

然后我问她:"你小说里面的人物的失败都是自己导致的吗?"我知道这个问题问得有点不合时宜。

姜大艳摸着她变长的刘海儿,反问:"他们失败了吗?"

大概有两三年的时间,姜大艳都留着很短很短的头发,不是一般的短,网络上管这么短的头发叫精灵头,如今头发变长了也精灵不起来了。她离婚之后,我觉得她变得平庸了一些,可能也真的像她自己说的那样,更幸福了。平庸的人要是还不幸福那就太没意思了。我想,她多半是因为没有什么必须做的事情可以做。

另外有一件事情我没有告诉她,昨天晚上我就进了城,因为今天的会面时间较早。昨晚进城之后我在朝阳公园走了走,碰见了赵为。

我没有告诉她,是因为我不想让她感觉这巧合像我编的,我怕说出口之后,她会觉得全世界最希望他们复婚的是我。

赵为总是在朝阳公园夜跑,这从他的朋友圈不难看出。他称得上是一个业余马拉松选手。在黄色的路灯下,他就那么一步一步跑过来了,很有力。我没处躲,两个人打了个照面。赵为瘦了一些，肚子瘦得很明显。我想，要是一个每天在朋友圈发跑步照片的人还不瘦，这个世界就没人跑步了。赵为停下来，浑身汗涔涔的，汗珠大颗大颗地滚下来。天上还有星星，远处有跳舞的大妈和声音很低的喇叭。我看着他一时语塞，于是就说了一句很傻的话："我要是天天来，就天天能看见你了？"

赵为说："你要天天来？"

我俩哈哈大笑，笑完之后更尴尬了。

赵为说了一句更尴尬的话："我昨天和姜大艳重新照了结婚照。"

我说："哦？"

他说："我们把结婚证撕了，所以得先照结婚照，办结婚证，然后才离的婚。"

那个时候，我能说什么？总不能说："哦，那我以后可不能轻易撕结婚证。"

我说："你接着跑吧，我也去前面，有人等我。"

他说："好。"

其实没有人等我。我要快步走出这个公园，我很担心在下一圈的时候会不会再碰见他。他很快就跑开了，压根儿没有想说说姜大艳怎么样。也多亏他没说，多半他也不知道我能说出些什么。可是，难道他不知道我们在一起拍片子吗？他甚至还在我的朋友圈下面点过一个赞。我走出好远回头看了一下，他的身影已经看不清了。

我想，赵为，你可千万不要跑出心脏病啊！

"你就拍吧。"姜大艳接着说，"只要好好说话就行。"

因为众筹文章里面写得故弄玄虚，所以她总担心我的片子不好好说话。其实我想，她是担心我的片子太文艺，这一点倒是和她前夫一致，可是，不好好说话的从来不是我，倒是她。我记得，有一次几个人聊天，我告诉她，我喜欢一个男生，她拿着酒杯问我——"是真爱吗"。

当时她的小脸藏在酒杯后面影影绰绰，我忽然想到一个事情，男生喜欢你巴掌大的小脸，算不算真爱呢？

她的活动很快就开始了，还有一个男的拿着一箱筷子在门口等她，姜大艳要他先去买几本书，签好字，然后把书拿过来。我伸着头往里看了一下，这个作者我不认识，旁边有几个明星，外面还围了一排保安。我想，我应该迅速离开。

姜大艳叫我晚上和她还有陈年去找朋友吃饭，好不容易进一次城，而且他们看了我的众筹文章都打算认识认识我。我一个人在书店溜达了一圈，书店被切得很碎，有点像小商品市场，每个平方米都不放过。后来又溜达悦城所有的楼层，买了两件减价的衣服，找了个咖啡馆坐了一个下午。大概五点钟的时候，姜大艳叫我和她在楼下会合，我们去一个饺子馆。和她一起下来的还有那个拿着筷子的人，他们两个人在楼梯口说了几句话后就分开了，姜大艳过来的时候手里拿着一双筷子，看上去除了不能吃饭，做什么都行。

路上堵了一个小时才到目的地。我不知道为什么来这个地方，离我住的郊区越来越远了，我们去的那间饺子馆尤其破旧，门口更是给人一种马上就要倒闭的感觉，我站立了一分钟，后来被他们招呼进去。

我想，这可能就是他们的特色，总是在固定的区域，也不能吃太贵，要和接下来的烂醉如泥匹配，他们这群人是一群黑洞，吸收和自己一样的能量。这个饺子馆在本市与临市的分界线边，楼下有一座立交桥，建于二十世纪八十年代，如今已经很破旧了，承载着一小部分交通的功能，从这座桥往南就是南区，往北就是北区。

我们在饺子馆里坐下来，我们点了肉三鲜和素三鲜馅儿的饺子，还点了啤酒，陈年的墨绿色军挎包里装满了日本品牌的啤酒，不是原装的，产地是中国青岛，更便宜一些，但是在饺子馆里一瓶啤酒都不点也不好，于是又一个人要了一瓶。陈年还要了一个热水盆，他要喝热的啤酒。干了一杯之后，我听见陈年问姜大艳："难不难受啊？"

姜大艳说："感觉我这个人也不可交，因为真的是完全不难受。"

陈年想了想说："这种事情都是，男的难，女的不难。"

我感觉这句话很押韵，于是又喝了一口冰啤酒，如果不是亲眼所见，我实在想不出什么人要喝加热的啤酒。

陈年又问姜大艳："还写吗，最近？"

听上去口气就像说:"还喝吗,最近?"

姜大艳喝了一口说:"我觉得我还活着,可能就是因为写得少。"

陈年想了想,也喝了一口啤酒,点头表示同意。

陈年点头不代表肯定,大概是因为自己有机会琢磨琢磨这个说法,这个说法也颇为有趣。

姜大艳认识一部分适龄青年,大概都和她一样,文科生,做一些聊胜于无的工作,只是没有创业的,他们没有这个魄力,也没有完全失去理智,多数在文化行业周边工作。还有一部分就是陈年这样的人,年龄偏大,甚至可以说在现实层面一事无成。可姜大艳觉得陈年最善良、最珍贵。当然,说谁善良都是一种压迫,好像这个人以后就非得善良不可了。陈年长了一张浮肿的脸,身材十分苗条,简直有点营养不良的感觉,看上去像一只螳螂,这是他常年醉酒的结果。陈年身边还有一群类似的本市文化人。

那天,我也喝多了,我们仨都喝多了,忘了说了什么,没聊文学,大家也没聊我的片子。席间,姜大艳把筷子拿出来,夹了几粒花生米,全掉在桌子上了,她觉得不好用,又收回到筷子套里面。之后,我们三个人搀扶着出来,从南区走到北区,又从北区走到南区,好像来来回回了很多次,不知何故,脚底下轻飘飘的,我抬头看天,还没有完全亮,街上有上班的人。我很羡慕这些充实的人,我没有工作,虽然眼下有事做,可多数时候都没事做,这些人起得早、睡得晚,一天那么长,他们到底干什么才能打发掉?走着走着,我感觉分不清南北了,也分不清东西了。城市内没有界限、没有土地,没穿鞋,脚也没了,大概连自己都没了。

有这种感觉的时候,我马上拉住姜大艳的手,可能是怕自己真的消失,然后我和她说:"我喝醉了,我不像你喝不醉,我一喝就醉,我觉得我的脚都没有了。"姜大艳甩开我的手,哈哈大笑说:"那我给你介绍我的老板吧。他肯定跟你说,这是有慧根。"

我拿出手机,还有百分之二十的电,只要什么都不操作,这些电能支撑很久,只要随便操作什么就很快关机,事情就是这样,保持一种状态就很高效节能。状态和状态之间的切换,就是一种浪费。具体到人,应该一直醉下去,或者永远清醒着。

姜大艳在我旁边,正在看手机,我瞟了一眼,赵为给他发消息说:"希望你以后生活得好,我也努力做一个温柔的人。"

我差点笑出来。

姜大艳拿着手机,想回点什么,点了几下,又什么也没回,然后把内容删掉了。

只要还在这个地球上,赵为就别想姜大艳有多温柔。我醉醺醺地想。

后来我们就此分开,我想再见面的时候就是开机吧,至于陈年，我不见他的机会比较大。在回去的车上，我看着窗外，我想，夜空中最多的不是星星，是字，闪闪发光的字。

我感觉一阵恶心，把额头贴在窗上，把鼻子也一块儿贴了上去，如果有一个人刚好从车窗外面看进来的话，会发现我长了一个扁形的小猪鼻子。

夜 奔

1

于青觉得自己完全被迷住的时候，正用红绿色相间的吸管吸珍珠奶茶。她想找个地方坐一下，没有地方让她坐。她蹲下来，抱着膝盖，把头埋在膝盖之间。头一直往下，垂到很低，看上去要从膝盖之间的缝隙掉下去。

"孤独就是团结。"她忽然想起这么一句话，但并不知道是谁说的。这些无用的废话，有的时候也正确无比。她站起来掸了掸头发，她想一定有很多头皮屑被甩了出来。

除此之外，她仿佛生活在古代，心里哼着一段古老的旋律，只有自己能听见。她把头抬起来，看到自己身处在一个真实的现代建筑里，却想象出一片废墟，空气很温暖，让人生出一阵迷惘，她想象着尘土卷成的小旋风随着气流上下旋转，看着四周的建筑，她觉得像山、像土坡，再看又什么都不像。

是的，于青觉得自己刚刚真的被迷住了，现在还不能回过神。她忍不住告诉了李元。

她发微信给李元:"我第一喜欢他,第二喜欢你,可不可以?"

于青用了"他",其实应该用"它",因为这只是一把剑。一把剑不会站出来表示抗议。

李元很快回复:"那你第一喜欢它,我也没办法。"

回得这么快,他多半是没有在上课。

李元是音乐老师,至于是教哪个方面的音乐老师,于青不是很了解,她只是觉得李元的歌声不怎么好听,做老师也只是他挣钱的办法,李元曾经问过很多人一个问题——怎么能挣到钱?很长一段时间,这成了酒桌上大家一成不变的笑话。

于青又把照片放大,而且是一点一点放大的。她的拍照技术并不好,整个画面上方三分之一的位置是那把剑,下方三分之二是空白,因为四周的光打得好,甚至可以说非常好,空白的地方看上去黄灿灿的,显得那把剑寒气逼人。其实是一把很小的剑,如果把照片继续放大,就可以看见围绕展柜四周的人脸,欣赏的人很多。

于青想,如果说他们所有人都在欣赏,那就见鬼了。她觉得欣赏一定要有所感受,哪怕是有点顾影自怜都没问题。可惜她只是被人群推挤到这个展柜前,随着一条长龙拍照、离开。想多逗留一会儿,但用她的话来说:"欣赏欣赏,都是妄想。"她只能这样看着手里的照片。她发誓自己被迷住了,爱上了一座博物馆的镇馆之宝,这多少有些俗不可耐。

展馆里还有很多书法、绘画作品，它们以文字、美术的方式思考这个世界，一把剑用一把剑的方式思考这个世界。

于青又觉得自己站在黄沙里了，四周所有已经被风化成了凹凸的看不清的表面。她总是容易走神，从很小开始就有这个毛病。她曾经看书里写："只有接通自己的历史逻辑才能对待、处理纷扰的碎片化的现实。"

这属于历史的、传说的、神秘的、虚无的、活的、死的。

除了这些空泛的感受，再无其他想法了。

她一直等到博物馆关门才离开。

此时，她躺在自己的家里组合沙发中的一角，沙发上有很多干裂的脚皮，是她自己抠下来的，于青用大拇指和食指捏起一块，很不规则。她想自己未免太缺乏维生素了。

生活就像这些干裂的脚皮一样。

手机这个时候响了一下，李元问："你什么时候来找我？"

李元当然知道于青已经从博物馆回来了，这是自然而然的事情。

这些可怜的约会机会，都需要自己创造。两个人的约会方式很传统，公园去了不少于十个。说实话，于青根本分不清这一家公园和那一家公园的区别，都有花，都有草，夏有凉风冬有雪，两个人一起吹过凉风，还没有一起看过雪。如果他们的关系可以持续下去，就多半会有那一天。何况，公园的门票很便宜，这让他们都觉得没压力。于青最不喜欢花男人的钱，这多半是因为她不想让男人花自己的钱。再说了，李元也一直为怎么挣到钱而发愁。

于青想起不久前，自己看到的一篇文章，仅是看到这篇文章的标题就吓了她一跳，标题写着："也许有的人适合某类人，但有的人适合所有人。"于青发誓——这篇文章说的有的人正是自己，并且还有人会和自己一样。

于青舔了一下自己的牙，从一年前，她就开始舔这颗牙，是一颗坏了神经的牙。她花了一年的时间，让这颗牙从大到小，就像横在嘴里的一把小剑，有一头是尖的。现在可好，它变得摇摇欲坠。她买了一包棉球和一盒甲硝唑随身携带。等着有那么一天，牙舔着舔着真的掉下来，然后压一块棉球，再吃一颗甲硝唑，如果流血不止，就把甲硝唑的胶囊掰开，把里面的粉末倒在伤口上。她想有一天，就算这个位置的牙真的没了，她也会一如既往地舔下去，就像在进行口腔按摩。她不知道是不是这颗坏牙的原因，在和李元接吻的时候，总担心自己的嘴臭。有时候，她用手捂住嘴，使劲往自己的手心里吹气，然后迅速地闻一闻，就像小动物闻自己的排泄物，但是什么都闻不到，如果自己能闻到，李元也一定能闻到了。

还没告诉李元什么时候见面，她就睡着了。

于青总是睡不好，这已经成了一种当代病，但她不喜欢这种当代病，她觉得当代人应该睡好觉、吃饱饭，其他也没什么烦恼的事。当然，也不需要做什么，如果需要做什么就让机器人来做。

此时，她能睡着，真是感恩戴德。

大概只睡了八九分钟，醒来的时候，已经是晚上七点了，于青仿佛从一个很长的睡眠中醒过来，看着楼下灰蓝色的茫茫海面。她给李元发信息说："我来找你。"

两个人正像计划的一样，在外面走了走，又是一家公园，走了一会儿，李元问："想不想吃东西？"

于青说："和你在一起完全不想吃东西。"

说完之后，于青自己哈哈大笑，她看了一眼李元，他的头发被风吹乱了，于青用自己的五个手指头帮他梳了一下，端详了一会儿，又给弄得更乱了。

李元说："和我走在一起完全不想吃东西吗？"

于青说："也不是完全不想。"

这个时候正好路过一家冰激凌店，于是于青说："吃个冰激凌吧。"

李元看了一眼手机："呀，过九点了！"

李元说什么都喜欢加"呀"，多数都是那些不怎么吃惊的事。

在这座城市，人们很难看到太阳落山，因为太阳没有落山之前，街上所有的灯就都亮了。

"你喜欢走路吗？"于青问。

李元认真思考了一下这个问题,说:"还是不知道怎么回答。"

"那我们走路吧。"于青说。

"我们不是一直在走路吗?"李元说。

公园也快到了关门的时候了,甬道的一边是水塘,于青想:"如果自己跳下去呢,就像一滴水消失在大海,也许会引起骚动,但很快又会归于平静。杀过人的一把剑,并不影响它的平静。简直是诗意,诗意就是失败到极点。也有一种考古说法称这把剑并没有杀过人,但这不重要。"

两个人就这样出了公园,沿着北京的中轴线往西边走。因为公园就在中轴线旁,就像那把剑一样,属于非常主流的。

李元说:"哦。"

除了说"呀",他还喜欢说"哦"。说"哦"的时候,他的嘴是圆的。于青快速把食指放进去,趁李元咬一口之前又拿出来,这个游戏她乐此不疲。但有时候她也喜欢被咬住,手上曾被李元咬出一个月牙。

那天很晚了,两个人一起去吃了烤鱼,于青并不是自己说的那样和李元走在一起时完全不想吃东西。

"我喜欢看你吃鱼。"李元说。

"那别人吃鱼呢?"于青问。

李元没有回答,或者他根本就不认识其他吃鱼的女人。于青觉得自己这句话问得很傻,就像成千上万个很傻的女人说的成千上万句很傻的话一样。好像女人不说两句傻话,别人就不知道这女人很傻似的。

吃过晚饭之后,两个人回了李元家。然后她又去了好朋友杨亮家,因为她还不想回家。躺在杨亮家客厅的沙发上,音乐播放器一直在单曲循环《爱情转移》。她的头枕着沙发的扶手,扶手上放着一块毛巾。

听着歌,她觉得自己对爱情忠贞极了。

她想到"忠贞"这个词,和好朋友杨亮说:"我是不是特别傻?"她的语气不带情绪。

杨亮很快回答:"你虽然是我朋友,但我想说,你相当傻了。"

这句话从自己最好的朋友嘴里说出来,于青觉得准确,简直像打了个响指。

于青近来发现自己连哭都不会了。大概是这种事也没什么好哭的,仅仅是有点傻。

白色的纱帘吹在脚背上,外面起风了。扶手有点矮,她把自己的手又枕在脑袋下面,刚好可以看见窗外,树上的叶子应该都黄了。

她想,树叶是什么时候黄的呢?天这么黑,其实看不清。

沙发的扶手边放着一本书,扉页上写着:"人应该做对的事情,那些心中的道德律。"

她觉得这句话说得极好,如果不是手被枕在脑袋下面,她真想拍手鼓掌。

但是那本书写了什么,她并不打算知道。

杨亮对于青说:"你的问题就是还不够坏。"

认识杨亮十年,于青知道他说的坏不是真的坏,大概是某种社会经验的综合。

杨亮说:"你不是那种人,你不是那种人就不能做那种事。"

于青说:"我要做了那种事,我就活得更好。"

"你也是情路坎坷,以后我们俩凑合过吧。"于青又说。

"我是情路坎坷,你呢?"

于青显然觉得自己说了句傻话,于是又说:"你希望我变坏吗?"

杨亮的家里有一个阳台,整栋楼只有六层,他在最上面一层。

"这房子是租的吗?"于青说。

"买的。"

"我不同情你了。土豪!"于青说,"隐藏的土豪。"

"小产权。"杨亮说,"喝什么?"

"有什么液体?"于青把每个房间都走了一遍,尤其是卧室。

"液体?"杨亮说,"你是说酒吧?"

"你卧室的床还是铁做的。"于青说。

"你想到了什么?"杨亮说。

"你的爱情故事吧……"于青回答。

杨亮拧开一瓶红酒说:"我只喝拧的红酒。"

"下次我送你开瓶器。"于青说。

"你还是送我一个女人吧。"杨亮说。

"如果这句话出自普通人之口没什么。"于青这么说的时候,杨亮忽然说:"我真想做个普通人。"

"你是神仙吗?"于青忽然放大声音。

"好像是为了把神仙召唤出来一样。"

"我就想回老家,奶孩子,挣几千块钱,孤独终老。"

"你是有小产权的人。"于青说。

"小产权不上税,哪天就给我推了。"

杨亮这么说的时候,于青从自己的角度看过去,他还真是个倒霉蛋。

爱情是生活中可以描述的那部分,而生活中还有不可以描述的部分。但是每次见杨亮,两个人只谈论可以描述的那部分,因为两个人最不可能产生的就是这部分。

这个时候,于青的手机在裤兜里振动,于青任由它振动了一会儿才拿出来,她看了一眼,是一个不认识的号码。

于青自言自语:"只要有手机,就不怕没有烦人的事。"

杨亮拿了两个纸杯,问:"用这个行吗?"

于青说:"特别好,受不了自己的时候,就把杯子捏碎在手里。"

"你为了显得准确,说的话都特别刻薄。"杨亮说。

于青说:"你还不如说我就是为了显得刻薄。"

"那你和新欢怎么谈恋爱?"杨亮说。

"不知道。"于青说,"就是像小孩一样谈恋爱吧。"

杨亮说:"什么是像小孩一样谈恋爱?"

于青说:"就是去一些特别便宜的地方吧。"

她想起他们两个人去过的不下十个公园,在记忆里就像去过成千上万个公园。她觉得自己甚至可以当公园的导游了。

"总之呢,你生活的苦恼都围绕着八个字——求欢不成,不想吃苦。"杨亮总结。

前面的四个字,主要指爱情;后面的四个字,主要指工作。

"你怎么能一直谈恋爱?"杨亮说。

偶然吧,于青想,如果不是偶然的,也一定不是必然的。于青很喜欢一首诗,具体表述有点记不清了,大意是:

偶然的你,偶然的我,来到偶然的世间,吹着偶然的风,下着偶然的雨,抚育偶然而来的孩子。偶然的性别,偶然的叫法,比如,爱的结晶。不光偶然,还循环,偶然的循环,偶然的死循环。

两个人这样说的时候,楼下来了一辆救护车。夜深了,总是有救护车。一瞬间，于青感觉救护车里的人是自己，或者说，要是自己该多好啊，偶然的死亡解释了偶然的出生。

人认为快乐是应该接受惩罚的。当于青想到救护车里的人应该是自己的时候，她同时想到了这件事，或者说一个道理。所以，她觉得自己应该进救护车，才可以平衡这些错误。可有时候，心里什么都没有了，说不爱就不爱了，难道不是一种惩罚吗？既然已经是惩罚了，为什么还要进救护车呢？她躺在沙发上想这些矛盾的地方。

她觉得自己就是那样的女人，是一个巨大的黑洞，正在吸收所有人的能量。

"我专门收集你失恋后不要的东西。"杨亮拿着一个小本说。这个小本是于青上次分手后放在他那儿的日记。

"就算你扔了我也不知道。"于青说。

"放在我家也和垃圾堆差不多。有时候，我真想把眼前的一切烧了。"

"祝你幸福。"杨亮忽然说。

于青说："你这么说，我还以为是我一个诗人朋友在和我说话。"

那天晚上，杨亮拜托于青务必将这样一条微信转发给这个诗人：

如果没有不二，他是傻。

但因为有不二,把他和一般的傻进行了区分。

于青想,这多半是酒话。但是看了看杯子,离说酒话大概还有几杯酒的时间。

虽然清醒,但是于青还是一句不落地将这句话转给诗人。因为她觉得,也许诗人是不清醒的。

诗人回了个笑脸,说:"我都这么有名了吗?"

于青觉得这个笑脸神秘莫测,后面的那句话更神秘莫测。

傻和有名也不是全无关联。

然后诗人又发了:"祝你幸福。"就像别的人说再见一样。

于青觉得自己不用再回什么。

一切就像漂浮在水上的一层浮油。

如果此时可以看见天空,一定很难分清死亡和永恒的关系。

两千年前的一把剑,与人相比,更适合成为幽暗群星中的一颗。于青想,春秋时期的越国充满了恶意、欢呼、愤怒、忙乱。

剑到底算不算凶器呢?她拿着杯子想,如果是玻璃的,它会碎成多少片呢?

1965年的冬天,这把剑在湖北出土,于青用手机查了一下百度,关于这把剑的资料有七十六页。

她想和杨亮讲讲，又觉得未免可笑。

快清晨的时候，她回家了。她忽然想吃西瓜。天气是忽然变冷的，北京的冬天比往常更冷，她想这是骗人的，其实每年都很冷。街上空空荡荡。

在电车上，天还非常黑。她坐在很黑的车里，就像从别人的梦里穿过。外面静止了，偶尔有一些黄光一闪而过，穿过黑暗狭长的隧道，于青想他们要被迫生活得很平静。因为窗户密闭，即使有"轰隆隆"的声音，她也感觉不到一丝风，于是直挺挺地坐着，像一条僵硬的鱼。她用自己的左手拉住自己的右手，还狠狠地捏了两下，就像一只手正对另一只手进行深沉的问候。手腕上的牙印还在，已经很不清晰了，被咬的地方已经不疼了，此时于青把手腕抬上来，用自己的牙对着之前的牙印，使劲咬了一下，动作很快，她怕对面的人觉得自己疯了。

没错，她疯了，疯了自然有疯了的好处。否则世界上怎么会有疯子呢？电车上的淡蓝色窗帘偶尔被风吹起一角，于青盯着那一角，掀起来又被翻下去，她把头贴在玻璃上。

窗户玻璃冰着她的头，窗外只有一些高高矮矮的轮廓，但她喜欢这样的轮廓、剪影，所有具体的事物都让她焦虑。她抬头的一瞬间，发现对面的人在看她。于青不知道，是自己抬头的一瞬间，对面的人也刚好在看她，还是他一直在盯着她看。如果是后者，会让她觉得过于具体。她用手摸了一下头发,然后给李元发了一条信息:"我替你咬了我自己一下。"

对面的人起身抽烟,还看了于青一眼,好像在问她是不是也要一起抽,但是这一眼也很漠然,电车"咣当"了几声,有人咳嗽了几声。

于青站起来去两节车厢的接合处,她自己带了电子烟。于是这个空间里就有两个人在吞云吐雾了,电子烟的好处是不用管别人借火,电子烟的坏处也是不用管别人借火。

于青抽得很快,猛吸了几口,对面的男人一直无聊地望着窗外,似乎这样可以延长抽烟的时间。

于青拉开车门进去,车门关闭的声音很大。她猜测一直望着窗外的男人又从背后看了一眼自己,她拿出一件衣服盖着,特意盖住了鼻子,因为四周的味道很不好闻。对一个心平气和的人来说,这一切没什么不能忍受的。

此时,嘴里有棉花味,大概是那些假酒的缘故。肚子也不舒服,就像里面有一只死兔子。她不禁这样想。这样想的时候,她觉得非常可笑,但是又不敢笑,她怕肚子更疼,或者说,怕肚子里的死兔子真的掉出来。还有一些不清晰的耳鸣、颤抖、紧绷,于是,她又给李元发了一条短信:"你想和我有个孩子吗?"

"我只想和你有一个孩子。"李元回复得很快,因为他也是一个要到早晨才会睡觉的人,他一直害怕天亮。

这是多么美的语言啊,可与此同时,她又觉得这一切不管多么抒情，都只是时光中细小的波纹，只能创造一点微不足道的真实感，而生活的轮廓是怎么样还是怎么样。

2

（附件：杨亮的部分）

很晚了，我的朋友于青给我发微信，要来我家聊聊。我拒绝不好，不拒绝也不好。我想简单说说我的朋友于青。

她今年三十五岁，明年就是本命年，她是我的一个朋友，可也不是多熟的朋友，一个月聚会一次。我们聚会通常去我家或者她家，很少在餐厅，餐厅的酒都不够我们两个人喝的，喝得也不自在。我们聚会时从不做饭，就点一些外卖，也不怎么吃。有时候还有其他三两个朋友，都是固定组合，总是开始得很晚。我想她多半是约会之后才来我这里，因为她很少在约会对象的家里睡觉，她说这是性格问题，我觉得是道德问题。

我和于青在大学念的都是中文系，可这个学历完全没用，中国人还用学中文吗？她觉得自己什么都不会做，可以说是无一技之长。

虽然这么说，但我觉得她还是很有趣的，会写小说，有自己的内心生活，这么多年，至少我们认识的这十年，她的感情生活一直丰富多彩。对比她，我一直十分稳定，稳定到什么都没有。

有时候，在夜里我会忽然收到一连串于青的消息，每条都很简短，完全可以连成一条发，但是分开发显得语气十足，多半是一些人生感悟。不得不说，我有点佩服她，从十年前开始我就不说感悟了。大概就是这些感悟，让她一直处在恋爱的状态。她活得折腾，但是不沮丧。

用她自己的话说，一直谈恋爱，一定是被诅咒了。

有一段时间，我和她的丈夫也很熟，至于现在两个人到底是离婚了还是分居了，我不得而知。她不说我就不问，有一段时间两个人总是分分合合，我收到于青最多的信息是："我搬出来了，但我又回去了。"

在我看来，这只是他们之间的游戏，增加了两个人之间的亲密度。只是都这么大的人了，再玩下去也怪没意思的。

无论搬出来了，还是又回去了，我都有准备好的话安慰她。事实上，搬出来了也是对的，回去了也是对的。有时候我甚至想，这种中庸害我一生倒霉。我只是觉得她这样怪费钱的。关于她其他的感情经历，我也略知一二，有时候她会将一些分手的物件放在我这里，我实在不明白将这些留着是一种纪念，还是为了炫耀。我想有一天如果我家失火了，必先抢救的就是这些。茫茫火海，我抱着别人的故事残骸逃生，以便增加一些英雄主义和喜剧效果。

小何的音响我一直在用，就放在我家的客厅里。我喜欢听一些声嘶力竭的声音，这些声音经常从音响里发出来。

关于小黄的日记本,我从没打开过,我想这多半因为自己没什么兴趣。于青也从未叮嘱过我不要打开偷看,她一定也觉得我没什么兴趣。

有一段时间她和丈夫分开,据我所知,于青就一直住在一些酒店式的公寓,她所有的东西都装在一个手提箱里,而且是那种很小的手提箱。她看上去像某类都市精英,靠一些银行卡活着,最好还是高额透支的信用卡。因为在当代社会,他们就是那群很有信用的人嘛。衣服就像男人一样,穿的时候再去买,甚至可以直接买男人的小码。吃得也简单,于青最喜欢说的一句话——"我对吃,没什么兴趣"。

"一个人对吃没什么兴趣",我想这句话可以比较好地概括她了。

其实这句话还有后半部分,"如果一个人对吃没什么兴趣,那人生的趣味就少了一半。"

我这样想的时候正在嚼薯片,有研究结果表明,薯片在嘴里被压碎的声音,是最美妙的声音。但我想这只是一部分喜欢吃薯片的人说的。或者说,这群吃薯片的人刚好获得了这样说的权利,比如我。

在我看来,于青住的那些酒店式公寓都不像家,除非她也刚好不想要什么家。家这个东西有过就可以了。什么东西都是有过就可以了。"那些认为短暂的东西倒可以长久。"有一次喝多了之后,她大概说过类似的话。我只是复述出来。人的一生这么短，可是具体的体会、理解、感受、分享，会比较多。那些更短的生命，比如蜉蝣，只活一天，是不是这种感受和体会会更深刻。它们创造了一种无限分解时间的方式，和我们通常感受的时间是并存的。

我记得上次见面，我们也喝了一些酒，喝得不多，我和她说："你要不是我朋友，我会说，你真的太傻了。"

其实，我是想借着酒意和她说几句真心话。真心话就是——"你那些乱七八糟的爱情故事真的太糟糕了"。

那天，小何的音响里正在放《爱情转移》。

后来，我和她干了一杯，代表天长地久的友谊。

我很好奇，于青的爱情只是发生了转移吗？作为天长地久的朋友，我不禁想，她的爱情发生过吗？

但我并没有将我的真实想法说出来，我说的是："幸好我喜欢男的，我要是喜欢女的，遇见你我也要喜欢男的。"

"至少，咱俩都喜欢男的。"于青说。

她总是说一些很机灵的话，也许这让一部分男人喜欢，也让一部分男人不喜欢。

我一直不太清楚于青的经济问题怎么解决，但其实这个世界上，女人的经济问题比男人的更好解决。于青一直在大单位工作，这和她写作的身份多少有些名不副实，一个人要是什么都能得到，就多少有些名不副实。

于青写作的高峰是在参加国际书展的那一年，那之后她的写作进程停滞不前。回来之后，她还写了一篇创作谈，为此我还进行了转发。

于青问我:"还是朋友吗?朋友之间还要转发创作谈吗?"

那之后,我问于青:"你怎么不写作了?"她说:"先挣点儿钱。"我说:"你觉得每天上班能挣到钱吗?"她说:"你觉得现在还有财产自由吗?"

我觉得不能再聊下去,接下来多半会问到人生的意义是什么。

不管多晚,于青都要回家,她说自己如果能习惯在男人家过夜,就能解决生活的一多半问题了。我一直不怎么懂她说的过夜到底有多复杂,不就是一起睡下又一起醒来吗?

"这涉及的问题就多了。"于青说。

她虽然还没说,我已感觉几乎是整个宇宙的问题。

"你以后有什么打算呢?"那天她来我家之后问我,我怀疑她只是想问问自己。

"回到九线城市,奶孩子,随便挣几千块钱。"

我想起有一年冬天,我曾去他们家吃饭,与于青和她丈夫。可以用共进晚餐来形容,所有的酒都倒在正确的杯子里,所有的菜都盛在正确的盘子里。

于青对我说:"你知道吗?我真是受够这些了,不能用错一个杯子,不能用错一个盘子。"在和他们夫妻共进晚餐的过程中,我努力设想他们是幸福的一家人。我这么想的时候,我甚至希望他们这种幸福能传染我一点。于青说的那些争吵、背叛,都只是中年女人的小小炫耀。尤其是背叛,不管怎么说,她就是一个中年女人,虽然长着娃娃脸,我想那些中年女人共同的困惑大概是想和生活和解,那就得自圆其说,永远有自我安慰的一套。她们冷酷不起来,不想把事情搞砸,然后就让事情变成模糊不清的一团。我想我是在很清醒的状态下这样理解我的朋友的。

我真担心,有一天,我也变成这样,或者变成她丈夫那样。

平心而论,于青长得并不美,但总是能吸引某些人的注意。我想,她多半也在外面说我。有时候我们两个人也会互相安慰,说一些言过其实的话,比如,"不幸福的人是因为不必幸福""我和幸福有仇"……

那天晚上就是这样,她在我对面,一直倚着我的沙发。她是一个不拘小节的女人,她来得很晚,我们在等另外一个赶过来的朋友,但等得并不专心,事实上那个人来不来都无所谓,最后果然也没来。于青说她去了博物馆,看了一把剑,我想那不就是一把剑嘛,后来又说到我的小产权。

之后,我们两个人看一些很傻的电视节目,其实没人看,就是弄出一些噪音,让没话可说的时候不显得尴尬。有一个人在节目里讲述自己的婚姻不幸福。于青有时候也会这么说,听上去不像是她说的。她说出这些话的时候,我感觉充满善意。

于青说自己具有一种无情的能力,这让她更容易变成一个很坏的人。

"你们说的那些快乐啊,像一把尖刀,无休止地割着脚后跟。""一成不变,对一部分人来说充满吸引力。""沮丧也是一种见识。"如果念念不忘,任何事情都会变得糟糕,但是这些话仅仅在我的脑海中盘旋了一下而已。

大概天快亮的时候,她就走了。

3

(附件:李元的部分)

《一把剑最想做的是疯,但是疯不成》,我在电脑上看她的那篇小说,虽然我不知道她为什么要这么写,我也不知道我为什么要这么看。

在宁静的宇宙,俯下身时,她十分温顺。有时候我真的很好奇,她怎么对抗自己的衰老。

我觉得这多少有点故弄玄虚。虽然我对艺术不能说一窍不通,但还是对这些假艺术忍不住笑出声来,后面她又写:

一个真正的孤独者完全在自己创造的世界里。那把剑就是。

优雅、神秘、坚韧、痛苦……

一天之中的颜色在你四周铺开，晕在这团光亮里面。

这把剑比所有的说明都明确、透彻、言简意赅。

一把剑怎么面对曾经犯的错误……

后面是一些省略号，看上去是随意打出的省略号，我一直拉到很下面，还有一排文字。

这把剑就像有了神性，生命中这样的时刻并不多，你完完全全被一样东西吸引，是什么影响了神性？

写得很零碎，有些地方敲了很多空格出来。

因为于青和我说过，她被一把剑迷住了，要写这样的小说。但是这样写下去，我觉得她大概真的还要写很久。我觉得这个女人也怪辛苦的。但是写这个也比写我们好，把我也写进去那就真过分了！

在于青洗澡出来之前，我关掉电脑，并没有不道德的感觉。我们逛了公园，吃了东西。此刻，她正在洗澡。说实话，我真的不知道她在写什么。如果这个有一把剑的人还活着，于青多半会爱上他。

后来她洗完了出来，看了一眼电脑，多半知道我打开过，她过来抱了抱我，这下轮到我去洗澡了。我在里面洗了很长时间，因为我想给她留更多的时间……

4

（尾声）

几个小时之前，在李元的客厅里，于青打开窗户，有一些窸窸窣窣的声音传进来。还不太晚，她给杨亮发信息说："一会儿过去聊天呀。"之后，她把手机扣在桌子上。

深夜的街头空旷宁静，淡蓝色的夜雾弥漫四周，空气中没有了白天的尘土和汽车尾气的味道，甚至能够嗅到树木发出的一缕缕清香。有人行走在昏暗的灯光下，房间中闪烁的灯光忽明忽暗。

于青呆坐了很久，然后看了看自己的手指甲，忽然觉得嘴里一股腥味。浴室里的水流声很大，她想，这个时候非常适合离开。

古代人全身轻松

1

房间的光线很暗,留下阴影,金色和棕色交错。

康康看着自己的手,血管凸起,这代表血流充分,她用这只手轻敲自己的太阳穴,节奏和墙上钟表一致,这使房间里显得更安静,四周就像平静的水面。

微信里,陈俊的好友申请就是这个时候出现的。"叮"的一声。少数时候,康康会把手机调成铃声模式,多数时候是静音。

康康点了同意,又用口水润了一下嘴唇,好像同意是从嘴里发出来一样。无论谁,她都会点同意。为什么不呢?

"我叫陈俊。"对方闪了一下,"我看过你的小说。"至于陈俊是怎么知道自己的,这不重要;是怎么联系到自己的,这也不重要。

他的头像是一块瓷砖,不是纯白,是灰色,三十度或者四十度灰,给人一种沉静安宁的感觉,他说的"我看过你的小说"让康康觉得一阵晕眩,她发誓这是她最近一段时间看过的最悲惨、最怪异、最糟糕的一句话。

写东西对康康来说,除了可以打发时间,就没什么作用了。人生有三万天,不是一下就能打发完的。很多人说,写作是逃避生活的一种方式,康康想,那简直就是逃避生活的所有方式里最坏的一种。

"每个女人都应该有一本自己的长篇小说,如果你刚好是一个会写小说的人,尤其还不算是一个长得很丑的女人。"这是一部分人对康康的期待。她只写过十几篇短篇小说,当然这可以说明她经受的东西还太少,应该更多一点。

迄今为止,她没有写过长篇小说,因为那并不能让她打发更多的时间。

她开始安慰自己,活着就是为了写一部小说吗?生活中所有的爱恨情仇都是为了这么一部小说吗?她没有仇恨,有的爱有的不爱,有的情多有的情少,但是她为了比较严谨地描述仇恨,便抽了一根烟。她什么烟都抽,什么酒都喝。这么多年,康康相信自己什么都没搞明白过。

她用力吸着烟,不停地摇头。

康康三十五岁,明年就是本命年,她不相信本命年,但"本命年"这三个字就在那里,就像山和水一样在那里。你不能直接从三十五岁到三十七岁。三十四岁的时候,康康正忙着办理离婚。那么多年的婚姻中,他们夫妻俩都没来得及有一个孩子。他们的分开，可不是因为七年之痒。

她把烟剩下的部分捻灭在一个小碗里，如今一个人住在外面，连一个烟灰缸都不需要了。有时候，她会直接扔在水池里或者马桶里。

这是她从家里第三次搬出来，她搬出来两次，又搬回去两次，如果不是前夫同意离婚，大概她还会搬回去第三次、第四次、第一万次、第一万零一次……

康康走到洗手间，看到镜子上有一块污渍，她拿起抹布擦了擦，待镜子上的水痕消失，她看见镜子里面的人的一些神情转瞬即逝。偶尔会有一两个读者问如何理解婚姻和爱情，康康掏了掏耳朵，她感觉有时候读者比作者还疯狂。

她又洗了把脸，重新看自己，朝镜子点了点头。她觉得自己还不太老。看上去圆而虚弱，给人一种运气不佳的感觉。当然，如果稍加留意，也许还会被一些男人追逐，那些男人或者已经不年轻了，又或者十分年轻。康康想到这儿的时候，觉得十分凄凉，洗手间就像一片平原，而自己是整片平原上最理智、最苦涩的一个生命体。

"人不应该靠消费自己而活着。"康康忽然想到这么一个道理。她不懂那些消费自己以及爱情经历的女作家要干什么，也许从一个客观的角度来看更好。活了三十五年，坦率而言，康康最缺乏的，大概就是"客观"了。她忽然想到自己曾经写过的那些短篇小说——连爱情都没有消费，准确地说，是消费了一些编的爱情吧。

　　钟表响了一下。她觉得自己毫无竞争力。北京没有下雪，网上说北京今年不会下雪。康康现在很怕网上说的，因为连下雪这件事都没了，连想都不让想了。不久前，她从家里搬了出来，拿了属于自己的所有银行卡，和一个整点会报时的钟表。她这样想的时候，钟表又"咚"地响了一声，给人一种仪式感。

　　1997年，在纽约上映过一部反消费主义的话剧，男男女女在舞台上只有一个动作——消费，也就是购物。忽然出现一个拿枪的人，他将这些男男女女杀了。

　　康康有一张从来没用过的工资卡、一张储蓄卡、一张国内的信用卡，还有一张国外的信用卡。除此之外，就是住房公积金卡了。这不能算是一无所有，简直就是百万富翁。她想到一个公众人物曾经说过一句话，大意是："我什么都有，但是我竟然这么痛苦。"

　　她闭上眼睛，想去计划自己未来要写的长篇，也只是这么想一想，眼下的生活中还有不少琐碎的事情需要操心。楼下忽然传来一阵刹车声，她不敢睁眼去看，她觉得眼睛睁不开。

　　离婚之后，康康一直有失眠症，失眠的坏处是不可以再做梦了，就像海浪一样将自己卷着，然后再击碎。想到这些，她才睁开眼睛走到窗口，从窗口可以看见切出的一小片天空和一点光线。

康康抽了一根烟，她已经在水池旁边抽了两根，又在马桶旁边抽了两根。往楼下看了看，总觉得有什么东西被自己错过了。

重新拿起手机的时候，陈俊已经说了很多话，不能叫说话，大多是一些自言自语。

他说："我能不能快递一本我的小说给你呢？"

康康不知道应该给陌生人回点什么，然后她就回了个"好"字，连句号都没有。

他还说了不少，康康没有记住。

几天之后，康康收到一个包裹，是一部小说。

小说是陈俊自己打印的，最后一页还写上了自己的联系方式。封面是一幅线条画，但看不出画的是什么。

她理应翻开看，但是没有什么心情，从第一页开始到最后一页密密麻麻的全是字。她忽然有些嫉妒，觉得打这么多字怪累的。作家最不愿意做的事情就是看其他作家的东西，她连陈俊是男是女都不知道。如果是女的，那大可不必再看，因为她大概会写一些爱恨情仇。如果是男的，她忽然想到孙德，她打开信息，孙德昨天发了消息，问她是不是要见面，她还没有回复，孙德也没有发第二遍。

"我喜欢把小说里的男人描写成厌女症。"陈俊发微信说。

康康想，那女人也可以有厌男症，但是她什么都没说。她没有厌男症，男人她爱过很多。

陈俊说:"我的小说怎么样?"

接下来,他又自言自语很久:"喜欢?喜欢这个写法吗?不喜欢?不喜欢这个写法吗?"

康康拿起手机,问孙德:"今天还见面吗?"后来又补发了一条:"你,来我家吧。"

补发的这一条多此一举,因为通常都是孙德来康康家。难道还要康康自己去孙德家,去见见他的老婆和女儿?

后来康康又看了一下时间,已经快下班了,这当然是对那些上班的人来说。孙德下班就要回家,大概不会过来了吧。她尝试了撤回,还不到两分钟。但是每次撤回,康康总是想,对方怎么会没看见?

"我觉得你从不回复挺酷的,但也从不屏蔽我。"陈俊说。

"见。"孙德说。

"我这样的天才你为什么不喜欢,你应该喜欢的。"陈俊说,后来又发了个笑脸。

于是康康也发了个笑脸。

"我把世界分成两种,地心和地表。"陈俊说,"如果你看了我写的,就知道我说了什么。"

孙德也发了一个笑脸回来。

"其实很多事情,我应该见面和你说。"陈俊说。

"为什么要我看?"康康对陈俊说,但是她并不打算和他见面。

"我爱女人,比较爱。"陈俊说。

康康说:"比较爱是什么意思?"

"想说的都在书里了。"陈俊说。

孙德发:"要回家给小孩做饭。"

陈俊又自言自语了很多。比如,"我写的是成人童话,现在就是文化沙漠,我写的不是给人抚摸的温暖的狗,而是真正的心灵源泉,甚至带着痛感的醒悟、反思、重建。"

最后,他又强调了一遍:"对,重建。总之呢,能和一个你这样的朋友聊,觉得特别幸福。"

他用了"朋友"这个词,还用了"幸福"这个词。康康觉得自己被侵犯了。

"我讨厌一切世俗的经验教条。"陈俊接着说,"我很西化,写的都是现代人扭曲的性格,可以先输出到纽约。你不要笑我,我有段时间,满脑子都是三个字——世界级。要走出去,写作者还是要把自己放在世界的高度上。也许你觉得可笑吧,我写的时候就是把自己放在世界的高度上。"

"你幸福吗?工作之余。"他忽然换了一种问法。

但这么具体的问题让康康有些为难,她觉得这个人怪值得同情的。大概他自己不幸福吧,才会问别人是否幸福。走在阳光下的人,谁会问其他人幸不幸福呢?

河源也不是一点可爱没有,但很多可爱就埋藏在了这种稀奇古怪的语气里。

"你在北京吗?"康康问他,"你是要我帮你问问出版的事吗?"康康觉得他大概是这个意思吧。

过了一会儿,陈俊又问康康:"那需要个人介绍、照片吗?"后来他又说:"也没有什么个人介绍,我就是一个民间写手。反正收到的退稿信总说写法怪异、风格不合。其实小说哪儿有什么风格啊,总等到死后见光才行吗?怎么说呢,我像在山洞中隐居十年,写小说十年,写出来的小说却没有一个地方可以发表。其实我也不在乎这件事了,发表是愚蠢的,会毁了自己。我写的是人性的困局,人作为内部封闭体是否有出路。了解肉身就是了解灵魂,写肉身就是写灵魂。人本身就是迷宫。性别作为小说中的两种类别其实是容易混淆的,我试图在作品中探讨人的界限。"

那之后,康康什么都没有做,连孙德都没有见。她想,大概没有人愿意看一个探讨人的界限的作品吧。人只想看一些浅表的爱恨情仇,就算是假的也行,这也是为什么有人向她约一个这样的长篇小说,而她迟迟写不出来。

又过了几天,发生了一件有趣的事情。陈俊忽然说:"我给《纽约客》发了一个新写的中文小说。"然后好像在辩解一样:"其实也不是完全新写的,就是我给你的那本书,我缩短成了一个短篇小说,你知道的,《纽约客》只发短篇小说。"

康康不明白怎么把长篇小说缩短成短篇小说，这大概是一种技术问题。

　　陈俊说："《纽约客》和中国大多数杂志一样，不一一回复，九十天通知，但这就是一个游戏。我所有的心力、精神、生命都围绕着小说中的这个人！"

　　康康看见他这么说，知道他一定给中国大多数杂志发过投稿信。他发消息的时候，康康和孙德也正在发信息。康康想见孙德，但孙德正在陪小孩滑冰。

　　孙德发："我爱你。"

　　康康盯着这三个字看了一会儿，语言解决不了抒情，抒情就像存在于宇宙中，名词是有效的，动词是有效的，形容词是无效的。

　　很久以前的事情觉得清晰，昨天的事情反而不清晰，今天的事情就更模糊了。他怎么能在这个时候还给自己发"我爱你"？就算是熟练，也不应该做得太过分。康康不光是觉得委屈了，还觉得自己被耍了。

　　然后她给孙德发："可你还是在陪小孩滑冰。"

　　孙德说："我还是在陪小孩滑冰。对。"

　　"为什么我觉得你背叛了我呢？"康康说，"不许觉得自己还有家，不许觉得自己还幸福。"康康一口气发了很多，就差说一句："不许觉得自己还活着了。"

　　过了一会儿，康康又觉得自己发的那些内容很过分，为了弥补自己的歉意，康康发了一张照片给他，说："这是什么？"

"好吃的。"孙德说。

"好吃吗？"康康问。

陈俊约了康康很多次，他总说："哪天坐下来聊聊天。"后来又说："没有一点名气不大好办啊。"

康康不知道该如何回复。

有时候，康康也会突然问陈俊："你是不是给我发过很多话？"

陈俊说："嗯。发过很多仰慕你的话。"

"我有什么可仰慕的。"康康心里觉得恐怖，但也没有问，她觉得问出来是自我感动。有时候为了等孙德的信息，康康会很晚睡。她也愿意和陈俊随便聊点什么，甚至产生过很自私的想法，也许这个人可以说些故事给自己听。

越到晚上，陈俊就越喜欢发微信聊一些自己的身世：以前也做图书、干广告、创业，在西藏放牦牛，做过书库资料登记，港口船舶往来登记等古怪工作。南北游荡，浪迹中国。他大学毕业后还在岳麓山隐居一年，然后去了东北一个杂志社做了编辑，都是些荒唐的经历，乏善可陈。

后来又说到自己的爱情经历，大概是追一个女人追了七年，至今没到手，而且还告诉了康康这个女人的名字。

康康想起来自己十年前见过他要追的这个女人。那就是说，在自己见这个女人的三年后，陈俊就开始追她了。

要是这么说,两个人不是一点儿关系没有。大概就是因为这些微弱的关系,他们才有数天前加微信这样一个步骤。

"你不睡觉吗?那我问你两个问题:一、如果你老公问我,我们在干什么,我将如何回答?二、我们在干什么?"

"我没有老公了。"康康发。她发得很迅速。

"他死了?"

"我死了。"

"如果你死了,我在和谁说话?那这么说吧,如果你前夫问我咱俩在干什么,我将如何回答?"

"你怎么知道我有老公,或者说,我有过老公。"康康又问他,"那你说,我们在干什么?"

"一定要我先回答吗?那我说,我们至少不是在谈恋爱。"

"你知道什么是谈恋爱吗?双方相爱,或是一种法律的名义。"

有时候陈俊说着说着,就忽然生出一种很难让人理解的外国腔调。这让康康觉得莫名其妙,这大概是他想走向世界的第一步吧。还好这些话只是打出来,康康想了想,反正自己的嘴里一定说不出来。

"你知道什么是谈恋爱吗?双方相爱,或是一种法律的名义。过了一段时间,发生了两件事。"她模仿着陈俊的口气,觉得可笑极了。能这么说的人显然不知道什么是谈恋爱,除了结婚,大概没有什么是以法律的名义的。

又过了一段时间，生活一如既往。对于康康来说，陈俊是一个说话总量比自己多十倍的人。天气冷一些的时候，康康从陈俊的嘴里知道了两件事：第一件事是，陈俊告诉康康自己要离开北京了，因为他的另外一个身份是北漂。第二件事是，已经过了九十天，《纽约客》都没有来信，想发表那个短篇小说，是一点可能都没有了。说完这些，他又自嘲一番。虽然过了这么多天，两个人都没有见过，但康康大概也能猜出自嘲的表情出现在这么一个北漂的脸上是什么样子。她忽然觉得，人都怪不容易的。

那之后数天，康康收到一个很大的包裹。通常来讲，作为一个独居女性，康康很少收到什么包裹，她很少消费。有时候她会想到那部1997年上映的话剧，作为一个独居女性，她担心被快递员杀害。虽然这种比例微乎其微，但她觉得还是小心点比较好。

康康仔细看了包裹，寄件人写的是吴先生，地址不详，收件人写的是康康小姐。康康用手摸着包裹，比上次的一本书厚了不少，她真担心，这是一个穷途末路的文学青年一生的手稿，她很慎重地看了一会儿，就像在认真对待一个人的遗产。

打开之后，包裹里面有一些过期杂志，多是一些港台版的，并不便宜，还有一些世界各地的明信片。这让康康产生一点怀旧的心理，她很多年没有看过那么多明信片了，她数了数，一共二十五张，她看了看正面和背面，都没有只言片语。

　　她自己倒了点酒喝,酒是孙德前两天过来剩下的,康康和孙德的关系就是每周见面以及喝他剩下的酒。再往下翻,有一双棕色小鞋。康康想到陈俊曾经写过的《我亲爱的棕色伤感小鞋》,但是已经回忆不出来他是在什么条件下这么写的了。一瞬间,康康就将棕色小鞋和《我亲爱的棕色伤感小鞋》进行了联想。她用包装袋裹着,将鞋扔了出去。那个包裹让她觉得生活空间遭受了入侵,之后,她将陈俊拉黑了。她也曾经将孙德拉黑过几次,甚至更久之前,这样对待过前夫,但是将陈俊拉黑,她完全没有不适。毕竟,她知道他们永远不会见面。

　　拉黑前,康康又浏览了一遍他的朋友圈,不知道这样做有什么必要,似乎怕遗忘某些重要的环节。康康觉得也许他会在某条动态里透露一点棕色小鞋的秘密。但是翻看了一圈,什么都没有,多是一些他自己对文学的理解,这些理解比对康康说的更抒情。康康想,大概他也是怕我误会吧,所以并没有把这些话单独地发给我。抒情是要有对象的。陈俊的最后一条消息还是以图配文的方式发的,图片是库布齐的景色,他曾经在聊天中提过,这是他很想去的地方。文字是"外面风声鹤唳,里面自成一个世界。于旷废中践行内在的力量,人可以抵挡的实际上越来越少。"

　　康康在网上查了库布齐的信息:

库布齐沙漠是中国第七大沙漠,"库布齐"为蒙古语,意思是弓上的弦,因为它处在黄河下游,像一根挂在黄河上的弦,因此得名。古称"库结沙""破讷沙",亦作"普纳沙"。库布齐沙漠是距北京最近的沙漠,位于鄂尔多斯高原脊线的北部,内蒙古自治区鄂尔多斯市的杭锦旗、达拉特旗和准格尔旗的部分地区。总面积约1.86万平方公里。流动沙丘约占61%,长400公里,宽50公里,沙丘高10～60米,像一条黄龙横卧在鄂尔多斯高原北部,横跨内蒙古三旗。形态以沙丘链和格状沙丘为主。

看完之后,康康想,虽然他离开北京市了,但也没有回到家乡。她忽然意识到自己并不知道陈俊的家乡在哪儿,也不知道他是南方人还是北方人。

她又把那些明信片和杂志归拢在一起,看了看窗外,棕色小鞋躺在楼下的草坪上,她住在二层,所以鞋子不算高空坠物。

陈俊去了库布齐,他原来在两个人的聊天中,或者说一个人的自言自语中讲过:"我喜欢沙漠,要是能去沙漠里住就好了。"如今得偿所愿。

陈俊在沙漠的那段时间,康康和孙德一如既往,并没有更多见面,也没有更少见面,见了一两次。

有一天,康康刚和孙德约会完,她收到一个陌生人的信息,信息中有一张图片——一个人的眼睛。但看不出是谁的眼睛,也看不出男女,甚至说这是一只小猴子的眼睛都有人相信。眼睛下面的文字是——"库布齐的月亮特别圆"。康康又看了看这双眼睛,是啊,这么圆应该不是小猴子的眼睛。她觉得像是陈俊的眼睛。她把手机放远又放近,把图片放大又缩小。她想从这双眼睛里看到整个的脸,甚至身材。陈俊的朋友圈从没发过一张自己的照片,从他的自恋程度来讲,这实属罕见。前夫曾经和康康说过:"一切都写在脸上啊。"如今,离婚了,她都不能完全解读这句话的含义,虽有一种浅表的解读,但是不准确的。也许,一切真的都写在脸上。但是,康康从来没有看见过陈俊的脸,更别说表情了。虽然自己有种受人之托的意思,拿到了一部长篇,请求阅读和寻求出版。但是因为自己无法写出长篇,她从没打算看,她甚至有种不好的预感,万一,这是旷世之作呢?古往今来并不乏这样的事情,默默无闻者饱含才华,然后默默无闻到死。

但无论如何,陈俊发信息联系她了,因为害怕他真的找过来,康康甚至做了很多不详的猜测,就又将对他的拉黑状态解除了。

后来她补看了一下他的朋友圈。里面大多是一些旅行笔记和抒情,比如,"今天徒步,累,后半部赤脚走完。""听说沙漠让人想到永恒的事物,可是我想到的是遥遥无期的绝望,我亲历它,品尝它,还要将这种东西融入血液。""一个人只有体会到生死或类似生死的东西,才能写出反映生命实质的孤独吧。"

总之，陈俊和康康又重新取得了联系。或许在陈俊看来，两个人的联系从未中断。

回来之后，陈俊就像换了一个人，关于写作聊得少了。有一天他跟康康说了一些话，大概意思是自己可以结婚，孤独的困境仍有待加以完整的探讨，他可以通过婚姻去了解一下孤独。

只有运气好的人才可以通过婚姻了解孤独吧。康康想，很多人通过婚姻了解最多的是麻木。搞不好他是和那个追了七年都没追到手的女人结婚？康康有不好的预感。好事多磨是一个错误的词，往往付出越多，就越会恨上这件事，不好的预感并非对陈俊，而是对那个陈俊追了七年都没追到手的女人。也许不是那个女人，只是一个陈俊在库布齐偶然认识的女人。康康这样想的时候，正好要出门，她在镜子前画眉毛，就这么几根眉毛，她都不知道有什么可画的，她继续画，不想停下来。

又过了一段时间，陈俊没有聊"自己可以结婚"的事情了，大概可以理解成"自己也可以不结婚"。

他还会在朋友圈发一些关于结婚的话，比如，"帕斯捷尔纳克说：'如今我再也无法不爱你了，你是我唯一合法的天空，非常非常合法的妻子。'在'合法的妻子'这个词里，由于这个词所含有的力量，我已开始听出了其中前所未有的疯狂。"

康康第一次给他留言,说:"帕斯捷尔纳克很克制。"后来想了想,还点了个赞。

很快,陈俊回:"这让我肝肠寸断。"

康康不知道他说的肝肠寸断到底什么意思,是自己?还是帕斯捷尔纳克?或是克制?但无论如何,他的留言里用了"肝肠寸断",这样的词汇大概已经在这个时代消失了,康康想,只有爱的废物才会用肝肠寸断吧,她总觉得陈俊被名人名言害了。

康康一直不喜欢自己的这种态度,她偶尔也在心里默默地做出承诺:不要蔑视别人的痛苦,更不要比较。尽管事实上达到了比较的效果。

有一天傍晚,陈俊发消息说:"我可以为一个女人肝肠寸断。"他这几个字打得很快,因为当时康康正把手机拿在手里,正好看到对方正在输入。

能让一个男人这么说,到底是一个怎样的女人呢?康康想不清楚。

康康如今对很多事情的态度趋于简单,如果一次做不成,也不必再做第二次,就像和孙德的约会。如果此时不成,不必恳求。

两个人的聊天过程就是这样,提问并不指望回答,似乎是因为在现实的生活中,双方都缺乏一个可以允许自己提问的对象,于是出现了这样的效果。

康康没有问陈俊现在的工作,她觉得他的生活条件有可能像自己一样，大概还不如自己吧。虽然他过去做过古怪的工作，也不知道他现在住哪儿，是不是去了别的城市。

那之后，陈俊更少地谈论婚姻和爱情，偶尔会谈一下青春、友谊，比如，"很多事情哪怕没有意义，还是要做吧，意义是非生命体评价生命体的专有名词；青春的本质是无脑无聊，是一切疯狂且无意义的细节；友谊的本质是放纵放逐，是缺一不可的愚蠢的大拼图。"

康康只是觉得，他被太多的名人名言害了。她总是能从这些名人名言中感到一种尖刻的、隐秘的愉悦，她觉得可笑至极。一个人并不应该让另一个人经常觉得可笑至极。

又过了一段时间，陈俊开始很具体地讲自己的生活，说到自己住的院子，去围墙下捡一些掉落的核桃。院里很多牵牛花，他给每朵牵牛花拍照还写诗，他说自己还在改《红楼梦》里面的诗。他在空闲的时候会去喂喂那些流浪的猫咪，还给它们拍照，但他没有说自己有没有给猫咪写诗。康康想，大概会的，因为陈俊就是这样的人。

有时候，陈俊也发："不好意思，话多了，抱歉啊。"总之，他会加入一些羞愧或者自我嘲笑的段子，让这种单方面的对话看上去更有声有色。

这个时候，你会觉得此人疯得更彻底，也无比多情。

那之后，河源的信息发得很不规律，有时候很多天没有，有时候一分钟很多条，就像早就写好了，然后点了一个发送都飞了过来。这一切，会让你联想到一个人的行为很混乱。有时候康康会觉得陈俊不正常。然而，她并不会真的担心，也就是这么想想而已。因为就像前夫说的一样，自己是全天下最自私的女人。所以，一个最自私的女人是不会管别人死活的。

2

2017年9月，陈俊的朋友圈忽然什么都没有了，好像是有预谋地删除了，这让康康产生了一丝焦虑，但也仅仅是一丝。她想，也许陈俊过得不错，再也不需要自己了，也没有告别，或者他又临时去了一次库布齐。不同的月份，沙漠的风景会不一样。

很多人的生活信仰，或者逃避的方式，可以简单总结成三个字——忙起来。康康实在没事可忙，她觉得自己被剥夺了忙的权力，康康打算出去走走。

在10月的时候，康康并没有什么痛苦，她写不出来小说，她连爱恨情仇都没有了。过去的小说中，她写得最多的是和前夫的关联，如今再也没有权力写他，也不具备那样的场景。想到这儿的时候，康康心中掠过一丝想法：不知道前夫现在过得怎么样了，离开天底下最自私的女人，总不会过得不好吧？应该过得好才合情合理。康康转念一想，可惜没有平行空间，否则，就可以进行一番比较了。但另外一个矛盾之处是，如果有平行空间的话，林中有两条路，谁也不知道哪条路更好，似乎总是没走的那条路更好吧！

康康到纽约的时候正好是10月，陈俊曾经向自己描述过10月："青翠的草地上落叶枯黄。"一阵急促而有力的风，随着阳光，在那片绿色的草原砧板上打造出一道光芒，里头群蜂嘈杂，声音一直传到康康的耳朵里。自然之美，别有一番韵味。

事实上，不仅仅是10月，陈俊曾经详细地描述过所有的月份，只是如今刚好是10月。

康康这次的纽约之行很突然，突然的意思就是她并没有非去不可的理由和事情。她租了一个房间，打算待上几天，四处随意观光一番。她的房间正好可以看见哈德逊河，她想到陈俊的一句话："文学就是躺在两面墙壁之间，从远处看海上的雷雨下落。"

在纽约的第一天，她失眠了。

她也没有给孙德发信息，他们彼此隔着一个太平洋，虽然她对孙德有一些感情，甚至称为嫉妒的东西，嫉妒他还有一个家。

她躺在床上，翻着手机的收藏夹，里面还有陈俊投给《纽约客》的那篇小说的电子版，大概九千字。康康从上看到下又从下看到上，一些夸张的词语跳出来，比如"肝肠寸断"。她忽然觉得可以做一个游戏，把这篇中文小说翻译成英文版给《纽约客》，她真的这么做了。康康的英文不算特别好，她先借助翻译工具，进而是猜测，到最后她开始怀疑，这是她重写的了。但她改得很欢快，甚至比自己创作要欢快很多，她进而得出一个简单粗暴的结论——10月适合写一个短篇。

写得真好啊！在这个昏暗的房间中，她站起来走了两圈。她产生了一些更具体的想法，真的把这篇小说投稿到《纽约客》杂志吗？这是一篇货真价实的英文小说，完全像一篇自己写的英文小说。

天渐渐亮了。

康康没有叫人打扫房间，甚至也没有打开窗。她从窗帘透出的光线发现天都亮了。因为时间还早，整个街道偶尔才有声响，好似一幅静止的画面。床头还有一个果盘，是给新入住的客人准备的，和床上方的果盘静物写生一模一样，她匆忙拉开窗帘，打开手机，没有收到任何新的信息，翻开陈俊的朋友圈，什么都没有，但是头像换了，康康不知道他什么时候换的。她冲了一杯咖啡，使劲搅拌，然后一口喝下。

喝完咖啡之后，外面的光线越来越亮，她侧身躺在床上思考着，小说最开始是一首诗，康康还不知道怎么翻译。

想在阳光下对你做一件没有意义的事，
比如在槐树旁请你吸一根烟，
比如观看一只迷路的灰雀，

比如一提到那不勒斯或烟台的名字觉得好听而决定只身前往,

我依然没有离开你,

没有离开北方。

似乎这首开篇的诗歌中隐藏了什么。她这样想的时候,又冲了一杯咖啡,走到窗边,楼下的人来来往往,看上去每个人都在忙,大概只有自己无事可做,人可以什么都不做,通过工作得到价值的工业标准应该变了。除了未经允许的一篇翻译之外,自己真应该写的东西毫无进展,甚至已经失去了进展的必要。

楼下的人流越来越多、越走越快,好像走得足够快就可以摆脱自己而成为他人。康康觉得有些困了。她把杯中的咖啡喝完,每个房间只有两包,她再无咖啡可喝。

拿着这篇小说,她知道自己掌握了一个人的秘密。因为她相信《纽约客》一定没有看到这篇小说,所以掌握秘密的人只能是自己,虽然并不是什么惊天的秘密。但这并不好笑。她想到前夫和她说的一句话,"我们两个人不知道谁笑到最后。"每句话脱离具体的时间、地点、人物这三个要素,便都很难再回忆起它的含义。她的前夫为什么要和她说这么一句话呢?

笑到最后的人倒霉了。她觉得自己现在就是笑到最后的人。她也不知道还有什么倒霉的事等着自己。

和前夫谈恋爱的时候，两个人也来过纽约，也在一起海誓山盟。康康现在想，那些海誓山盟，如果有机会说给陈俊，他一定会当成名人名言收藏，比如，"要是你离开我，我就想象有个更不同于我的，或者比我更广大的部分，拼凑了你的一部分宇宙。"

时过境迁，这些已不会产生任何影响。

她想把窗子打开，让外面的风吹进来。这些景色稀疏、车流较少的街道看上去很脆弱无助。萧索的风景中有越来越多的大叶子在移动，她穿上外套打算下去走走。

康康在大堂拿起这座城市的线路图，线路图的背面是二手车拍卖行情，她看了看，虽然她一定不会在这里买一辆二手车。她想，就算在这个空间什么都没有发生，但当你盯得足够久，就会产生不同的感觉。

康康把线路图放在衣服的左上口袋中，手在这个位置停留了一下，好像不放在这儿就不能确定是不是有心脏这个东西。确定了之后，她第二次观察这个空间，以空间为线索整理脑中的事物。

大堂被一个巨大的钢琴占据。椅子上坐着一个高大的男人，显然，他不是钢琴弹奏者。他双膝分得很开，双肘支撑在黑白键上。

"你在这里干什么？"康康问自己。有时候一个人，是没有自己真正的生活的。一个人生活中的每一个步骤都是为了保持孤独而安排的。

走出酒店之后，天气很冷，康康在街边站着，就像不知道往什么地方逃跑。越往前走，路拉得越长。建筑把天空分开，看上去就像虚构的场景。昨天到的时候，她并无这种感觉，距离上一次来也已经很多年了。纽约的楼离得很近，所以可以窥探，城市结构会生出一种特殊的文体——窥探文体。酒店外面是人行桥，离水边很近，车开过，水会溅到人行桥上。也许别人可以在这种地方消磨一整天吧。康康坐在桥边的椅子上。短廊、石阶都已经破损。有人往河里跳，应该是冬泳的人。康康不敢看，她觉得会看见自己的脸。这么想的时候，她的肩膀耷拉下来，脑袋向前倾斜，脸埋在两只手中，后背一阵战栗。如果此时此刻，有一个人刚好站在她身后的话，不可能看清楚她是在哭还是在笑。甚至不会想到战栗的是一个人还是一棵花椰菜。

康康将脸埋在两只手中，只是在想一个简单的事情——万事万物都需要一个恒定的参照物，陈俊好像就成了这个恒定的参照物。他给内部的一切赋予了外部的形态，就像他描述的 10 月，此时看来，十分准确。

康康给孙德发了一个信息，孙德回她："在哪儿？"康康说："在家。"孙德说："那现在能见面吗？"康康不知道自己为什么编造这么一个虚假的事。大概，只是为了达成每天的一百句谎言目标吧。她想到孙德的那张脸，她知道孙德一定有自己的志趣和忠诚，但在两个人有限的时间和空间中，这些都还没有来得及探索。他的外表没什么气魄，但也不猥琐，他注定会淹没在芸芸众生之中。想到这些，康康觉得自己不应该骗他。

康康把手插在兜里，她低头看脚，觉得脚也有点多余。她把自己的一只脚靠在另一只脚上。她用手机照了照自己的脸，这张脸忽然暗淡了，好像正准备迎接某种折磨。于是她抹了点口红。

她打开陈俊的朋友圈，还是什么都没有，这次连头像都没有换，康康想要不要给他打一个招呼。想了想，还是没有这样做，这种分寸感不也是自己需要的吗？头顶浅蓝色的天空中布满了星星。四周车子驶过，慢慢地，尾灯都消失了，声音也听不见了。康康把手机打开，重新看了看翻译的小说，她打算给小说做一个简单的结构划分。

她分成了两个结构：第一部分——我；第二部分——木偶。

时间上：第一天，第一个礼拜，第一个月，第一季度；一岁，三岁，五岁，八岁；春，夏，秋，冬；尾声。

接下来,她觉得有必要重新给这篇小说设置一个作者，陈俊应该怎么翻译呢？也许，接下来她应该做的最有价值的一件事，是打开邮箱，将这篇翻译小说投递过去。

这样想的时候，心中的不安就像柳絮飘舞，头顶好像有一棵柳树一样。她一直不理解吉光片羽是怎么回事，一些过去的事情凭什么显现？陈俊真的需要自己吗？需要自己翻译一篇无足轻重的小说吗？大概，他的抽屉里，还有成千上万篇这样的小说吧。

四周越来越亮，太阳很高，看着景物的光斑，却像在一片沙漠。康康现在都不知道陈俊是否又去沙漠了，或者去到其他的哪片废墟。

那天夜里，康康做了一个梦。梦里，她搬进一个大房子，非常大，她从楼下走到楼上，又从楼上走到楼下，打开所有的抽屉，所有的抽屉里都有东西。整齐得很。她忽然意识到：这不是自己的房子。她想搬出来的时候，从门外进来一个人，这个人穿着古代的衣服，对她说："你走吧，再不走，就会有更多的古代人来。"

她打算离开这里，可刚想走，前夫来找自己，他一直说话，好像在问自己这么长时间过得怎么样。于是，她要走的想法被搁浅了，等她真的想走的时候，外面真的来了很多古代人。

很快，梦就醒了。

康康把自己缩在被子里，因为还没有办法从刚才的梦里完全清醒，但康康忽然有了一个灵感，决定给这部小说起一个名字，就叫《古代人全身轻松》。这个题目甚至都和这部小说已经没有了关联。康康相信自己拥有命名的权力。因为陈俊并没有给这部小说起一个名字。她觉得这个名字和小说的内容可以勉强拥有关联，比如，木偶就是古代人。她觉得很饿，在纽约的两天都没有好好吃饭，离天亮还有很长的时间，大概还有餐厅在营业。康康打算出去看看。也许是梦还没有完全醒，她甚至产生了荒唐的感觉，但这种感觉也伴随了一点点的真实性——陈俊正走在来和自己吃饭的路上。

朋友，你去过北极吗？

1

"我离婚了，"

看见高南方发来这条短信时，王一我正拖着自己已经摔坏的行李箱在雪地上费力行走。但是她有个习惯，如果短信响起来，她一定要看一下。雪到了小腿，如果不是还在行走，她以为已经失去了小腿。就算行李箱没有摔坏，也一定会很费力。这里的雪太大了，天还很黑，六点的火车，她五点就要到车站，现在已经快五点了，没有人帮她。裹在大衣里面的自己这么普通，谁会帮她呢？她年轻的时候就很普通，现在年龄大了一点，这种普通反而成了一种保护。接下来，她继续拖着行李箱在雪地上费力行走，当务之急是走到车站，这样她才有更多的时间安静下来，或许可以好好盯着手机看一会儿。虽然短信内容只有四个字和一个逗号，但她的心情很复杂。如果说她和高南方是什么关系，有一个比喻倒是适合两个人，在这样的天气，他们就像是"从同一片天空中掉下来的两片雪花"吧。

头顶的天没有完全黑,也没有完全亮,而是像一些深紫色的玻璃。

到车站的时候,已经五点过五分,车站很小,看上去像两个世纪之前建造的,这让她心情大好。游客们都像她一样将自己裹在大衣里,没有身材可言,也看不出男女。这是一辆开往极地的观光小火车,观光项目是欣赏极光。王一我曾经在照片上看见过,极光像一团又一团的鬼火,毫无道理地燃烧在冰冷的天空中。

小火车只要提前五分钟上车就可以,她坐在候车室,摘下手套,打开手机。"我离婚了,"只有四个字,王一我把手机的前后左右都看了一遍,就像某些拼贴处会吃掉一些字一样。

把石头扔进水里,总会泛起一点涟漪,尤其对那些一直盯着水面的人来说。

直到小火车启动前的最后两分钟,王一我才上车。

小火车一共只有两节车厢,第一节车厢里坐了一些蓝眼睛的人,车厢很空,可以随便坐,她想等其他几个人坐下来之后再坐,这样她就可以离别人远一点。来到这么远的地方,她并不想再看见谁。她站在车厢的连接处想——高南方到底要干什么?

和她一起站在连接处的,还有一个鹅蛋脸的中国女人。她看了一下鹅蛋脸,想点点头,鹅蛋脸没有看她。

高南方没有说自己的名字,王一我想,高南方肯定觉得自己没有删掉他的电话，文字后面是一个逗号，这是高南方一贯的风格，他的逗号从来不表示没说完，有的时候，表示的正是说完了。但这就说完了？高南方的电话号码已经不在手机里了，那十一个数字，王一我早就背在了脑子里，像一串密码一样，一个已经不那么重要的人依然在你的记忆边缘，这可能是人体设计里面最大的漏洞。她觉得很悲哀。

她把自己的手掌展开，手掌很小，掌纹很乱。她把手心翻下去，因为不想看见这样乱糟糟的掌纹而让自己胡思乱想。她发现指甲有点长了，里面可以藏住泥了，她用大拇指的指甲抠了抠其他的指甲。做完这些之后，她又检查了另外一只手，然后满意地戴上手套，她用两只手互相摸了摸，就像和自己握手。

火车很快就要启动了，广播让所有的人回到座位上，广播里这样说的时候，鹅蛋脸正在点烟，王一我想，她肯定抽不完了。王一我在短信里打了一个"哦"，可犹豫了一下，她没有点发送，她觉得这个字就像一个嘴巴长成圆形的人，看上去傻头傻脑的，她可不喜欢高南方觉得自己傻头傻脑，虽然他们认识的时候，她就是这样的人。傻头傻脑，形容年轻的姑娘还不错，他们认识的时候，王一我二十七岁，还处在年轻的尾巴上，自然比现在拥有更多傻头傻脑的优势。

2

王一我拉开玻璃门,只有两男两女,看上去像是两对夫妻。一对胖一些,一对瘦一些,但他们都没有夸张到能让人记住的地步。车厢很短,两对夫妻坐在前面,他们一定以为前面的景色更好,他们一定是出来看景色的。

鹅蛋脸还没有进来。

坐下来之后,随着一声汽笛响,火车"咣当咣当"开动了。

王一我想,也许一会儿就要没有信号了,于是打开了高南方的朋友圈,她很久没看了,她现在竟然还在寻找蛛丝马迹。第一张图是排骨炖豆角,两个小时之前发的。王一我把照片放大,豆角有些切得很细,有些切得很粗,有些看上去像是高南方随便撕出来的。还有八角、香叶、肉蔻、桂皮、丁香,散落在一个小盘子里。看到这些,她没有心情继续看下去了。她把"哦"字删掉,又想了一下,把高南方的这条短信也删掉了。她想到高南方原来挺爱说的一句话——"生活就是这么回事"。但生活要真像这么回事就好了。

不知道他那个可爱的儿子归谁了,王一我关掉手机,闭上眼睛,想到了这样一个令人难过的事情,甚至是唯一令人难过的事情。

导游小姐一上车就说了很多话,她的工作内容就是这些。导游小姐的嘴唇很大,像一直裂开到了耳朵一样。王一我不愿意多看,看多了觉得有些恐怖。她可不希望美好的旅程伴随这样的印象。

导游小姐说:"情侣在有极光的时候求婚,一定会很幸福的,所以现在大家开始祈祷吧。"

类似的句式,王一我听过很多:情侣在大海面前求婚,一定会很幸福的;情侣在高山面前求婚,一定会很幸福的。

她想那两对夫妻应该这么做,不然他们一定不会幸福。王一我不知道自己为什么要这么不善良,这么粗俗。也许仅仅因为她是一个人,所以很自卑。尤其是听见"祈祷"这两个字,王一我想能不能到另外一节车厢。因为如果祈祷真的管用,她宁可祈祷一些不幸福的事。

很快,导游小姐走过来问王一我:"你怎么一个人出来呢?"

她问得非常温柔,王一我都不好意思骂她了。王一我说:"有一个孩子,离婚了。"

王一我根本找不出一个理由来羞辱自己……但是"有一个孩子,离婚了",就算是羞辱吗?如果这样就算,那高南方做的正是羞辱自己的事。

导游小姐说:"出来换个心情啦!"

王一我说:"心情挺好的。"好像她这种人天生就不操心一样。

导游小姐拍了拍王一我的肩膀,似乎有一句话想说又不好意思说出来。

王一我望向窗外，因为刚刚的这些都打扰不到她，随着小火车从一片白色拐进另一片白色，前面的一些小插曲很快就化为乌有。当然，除非你有足够的方向感，否则无法区分这一片白色和那一片白色有什么区别。

前面两个女人的声音很大，王一我想，也许都是胖女人制造的，胖是女人最大的过错，所以她应该承担所有的过错。

她隐约听见胖女人说："世界这么大，就应该到处走走。"

瘦女人说："趁身体好的时候，出来走走。"

胖女人问瘦女人："你有孩子吗？"

瘦女人说："已经不和我们出来了。"

胖女人说："长大了。"

瘦女人说："是呀，管不了。"

王一我把耳机插上，用手擦了擦车窗，她觉得不够干净，她把耳机调大，连火车"咣当咣当"的声音都听不见了。她什么都不想做，也不想拍照片。她不想打开手机，因为手机里面装了一个特别烦的世界。高南方会不会再发一条短信过来呢？如果他再发一条短信过来，是不是证明高南方又可以重新打扰到自己了呢？王一我摸了摸裤兜里面的手机，拍了拍，就让它在那里好了。鹅蛋脸一直没有进来，王一我想，在车厢的连接处，如果一直抽烟的话，那真是很浪费烟。搞不好过两年她就要得肺癌死掉啦……还有，她在外面站那么久，不会冷吗？

火车开了大概两个小时，王一我的脊椎很不舒服，但是还有八九个小时的路程。这个时候，鹅蛋脸才进来，她竟然在连接处站了那么久。鹅蛋脸进来之后坐在了她的对面，她们中间隔着一个原木面的小桌子。

这么多空位，她为什么非要坐自己对面，王一我想换个地方，但是觉得也许可以过一会儿再换。于是她冲鹅蛋脸点了点头，鹅蛋脸还是没有看她，王一我望向走道。

她看见胖女人的鞋尖正在晃动，想到胖女人的五个脚趾头挤在这样的鞋尖里，她觉得人活着怪不容易的。瘦女人戴着干净的薄片眼镜正在吃饼干，她坐在胖女人对面。她们的老公分别坐在里面的座位。王一我想，很快，瘦女人的座位上就全是饼干屑了，就像一个盛满了饼干的小盆。想到这儿，她笑了笑，沿途太无聊了，除了嘲弄这些和她完全无关的普通人，她想不到还应该做点什么。她接着想到，要是这个时候有杯烈性酒就好了，而且还需要一点冰块，哪怕在这么冷的地方，她依然需要冰块。王一我感觉自己真的是一个很过分的人，难怪高南方会离开她，难怪她会离开高南方，因为两个人都越来越掌控不了这些过分的局面了。

窗外，所有的植物披了雪挂。看不出时间，大概快中午了吧。白茫茫一片，想不干净都不行。这让王一我想到和高南方看过的一个电影，讲的是未来世界，更大的一次冰河期到来之后，地球都冻上了，于是聪明的人类就在地球上修建了一个无限循环的铁轨和一辆永动的火车，所有的人都在火车上，如果不望向窗外，没有人会怀疑这不是一个真实的世界，他们在上面出生和死亡、恋爱和分手，而对他们一生最大的惩罚就是将他们从车窗抛出去。

就在王一我想到这些的时候，列车长过来了，他说要给大家出一道题，这毫无道理，也许仅仅是为了活跃死气沉沉的气氛，但事实上并不一定能达到那样的效果，那道题问的是这列小火车每年要撞死多少只驼鹿。

驼鹿是这个地区最多的一种大型动物，但并不是圣诞老人骑的那款。王一我随便想了几个数字，她并没有猜对或者猜错的愿望。这只是一周一次的小火车，她想，一年有五十次，如果每次都撞死一只，那就是五十只，她在想，这个概率是不是太高了。

列车长说："二百五十只，去年撞死了二百五十只。"然后他就走了。

王一我想，那也许是每次撞死五只，或者是有一次撞死了两百只，难道是这些鹿想集体自杀？

前面的两对夫妻也发出不可思议的感叹，鹅蛋脸毫无表情。

列车长走后，王一我依然搞不明白他为什么要来，为什么要说这些，她想到高南方给自己讲过一些关于火车司机的事情：火车司机最忙的时候是开车前，因为各种各样的准备工作，火车真的"咣当咣当"启动之后，他们就再也不用忙什么了，他们只需要每隔半个小时，或者更短的时间，把吵醒他们的闹钟按一下，这样他们才不会在火车上睡着……其实每次坐在火车上，王一我都不确定是不是一个已经睡着的司机在驾驶火车。车窗外有很多驼鹿走过的大脚印。如果真的是一个睡着的人在驾驶，撞死的那些驼鹿就可以解释通了。

这个时候她听见前面的瘦女人说："鹿够傻的。"

胖女人说："那它踩你一脚，你也得死。"

火车已经被浓浓的白色笼罩了，它发出"咣当"的声音也是唯一的声音。车厢中听不见什么声音。火车有的时候跑得快，有的时候跑得慢，遇到值得一看的景色，就跑得慢一些。王一我想，这也太不严肃了。

总之，火车就这样在寒冷的阿拉斯加州境内穿越。透过车窗，遇到拐弯的时候，王一我正好可以看见被车灯照得发亮的铁轨，就像两条银线，平铺在这片冰冷的荒原上。手机一点反应都没有了。没有人会在这样的地方铺设网络。可疑问又出现了，高南方为什么要告诉自己这个消息呢？事实上，两个人已经分手一年多了。

再后来，她困了。或者仅仅是不想继续思考这些问题，难道还指望想出什么结果？半睡半醒中，她还有另外一件想不明白的事情——列车长有什么用呢？火车有轨道，怎么会走丢？更不会忽然发疯闯进下面的雪地里，和那些巨大的驼鹿撞在一起……王一我想到一些更无聊的事情，比如，人生为什么不能有轨道呢？如果人生有轨道，像高南方这样的人，是不是就是脱轨了？

她感觉自己真的睡着了。醒来的时候，她闻到了很香的味道，列车员已经把她要的汉堡放在了小桌子上，可看上去放了很久，有些坚硬了。她想到高南方朋友圈里的菜。汉堡有两种，她上车之前就已经在车站预约了，有牛肉汉堡和鹿肉汉堡，鹿肉是特色，现在看到鹿肉汉堡实物有些后悔，她愤怒地咬了一口。竟然不难吃，她又咬了第二口。咬到第三口的时候，她的眼泪差点出来，因为她忽然想到一个事实：来到这么远的地方，吃这么坚硬的汉堡，也仅仅是因为高南方的一句话——"活着就去看看极光吧"。

高南方说："那不是光，那是一种能量。"

高南方很多年前说过这句话，他自己一定都忘了。她觉得自己应该管高南方要回车票。这趟行程如此昂贵。她竟然坐了十个小时的飞机，现在继续坐十个小时的火车。她就像赌气一样，又咬了几大口鹿肉汉堡。至少这样，不会感觉那么冷。鹿肉汉堡像一个小地球一样圆，一些菜叶落在外面。

这个时候，王一我听见胖女人说："和四季饭店的蟹肉汉堡很像。"

瘦女人问："像吗？"

她说这句话的时候，颧骨像是随时会掉下来，这两块汉堡加起来的油都比瘦女人脸上的油多。

"要是有三文鱼多好。"胖女人又说。

"是啊，阿拉斯加拉雪橇的狗都吃三文鱼。"瘦女人接着说。

王一我不知道她们到底点了什么，于是她又咬了一口自己的汉堡，反正她也没吃过四季饭店的蟹肉汉堡，她甚至不如一只拉雪橇的狗。

一个人生活了一年多，就像窗外的景色一样，自始至终都很一致。虽然也不能说完全一致，可是谁会有兴致区分这一片白色和那一片白色呢。你甚至会得出简单的结论——火车并没有移动。大体来说，都是白色就对了。

和高南方分开的一年中，她一个人吃了九百多次饭，一个人睡了三百多次觉。有时候她不禁会想——先是食欲的消失，然后很快就是其他欲望的消失。果真如此的话，她的人生，会有一多半的事情不再困扰到她。但是现在，她依然被那些重复的欲望折磨，这让她看不起自己。她忽然羡慕起对面的鹅蛋脸，虽然对鹅蛋脸一无所知，但鹅蛋脸让自己想到了眼前的悲哀：自己三十几岁了，走在街上，碰见一个你能凑合的人，这种事情已经不多见了。而那个人如果还能凑合，那两个人应该马上冲到民政局领证。但是自己大概没有什么机会结婚了。也许过不了几年，她就会变得像鹅蛋脸一样，温和又从容吧。

3

小火车路过一个小站,几分钟的停留,这里小到都不能算作一个站。几座彩色的小屋子沿着铁路排列开来,这些彩色的小房子就像彩色的垃圾袋一样分布在积雪覆盖的地面上。屋子前面站了三三两两的人,他们成百上千次看着小火车路过,而自己只会见他们一次,王一我不禁想,一辈子安安静静地生活在这个地方也挺好的,唯一的愿望就是把屋子刷成彩色的。

停站的时候便有了信号,王一我看了手机,什么都没有。自己和高南方在一起的七年里,他都没有离成婚,自己才跟他分开,他就离婚了。王一我觉得愤怒。前排的两对夫妻说个不停。从那些彩色的小房子说到北京的房价问题,王一我承认,他们说得都对,生活就是这么回事。

和高南方在一起的七年中,两个人在一起三百多天,因为他们只有周六或者周日可以见面,高南方就像一个移动的小火车,周一到周五停在别人家,周末才开回来,高南方比王一我大十二岁,再过几年,就成小老头儿了。看着窗外,王一我忽然觉得很难过。

站台上有人向自己挥手,她不知道这是不是旅行社故意安排的一部分。如果不是,他们为什么要向自己挥手呢?很快,挥手的人变成了一个小点,小火车伴着一声长长的汽笛音重新开动了,王一我有些后悔,自己为什么不挥手，仅仅是挥挥手而已。

　　看着远去的人，那些一生都不会再见到的人，毫无意义地在生命中停留了几分钟的那些人，王一我想到自己无怨无悔地做了七年第三者，她都快被自己感动了。她不知道这七年发生了什么，直到忽然有一天，她决定离开。七年的时间里，她就像坐在一个随时要坍塌下去的沙丘上。她只是在等着什么时候会坍塌下去。

　　还有一半的行程，她还可以睡一觉，这样的旅程总是如此，你随时可以睡上一觉，甚至不知道什么时候醒过来了，然后再睡过去。王一我知道，很多人就是喜欢在这样行驶的火车上昏昏欲睡。

　　鹅蛋脸一直没有睡，她准备去车厢连接处抽烟，忽然转过来问王一我："要一起吗？"

　　王一我本来想说抽烟对皮肤不好，可是想了一下，为什么要在一个皮肤不好的人面前说皮肤不好，于是她决定与她一起去抽一根。王一我先去了卫生间，等出来后，两个人在车厢连接处抽起了烟，她们关上了玻璃门，这样车厢里面的人才不会一直说冷。

　　透过玻璃门，王一我看见瘦女人正在吃方便面，王一我想，先不要进去了。胖女人什么也没有做。坐在车厢里，她们的老公在旁边，大概是坐了太久的缘故，都闭上了眼睛。

　　王一我和鹅蛋脸没有说话，鹅蛋脸于是又抽了一根，她们看着窗外沿着铁路延伸出去的皑皑白雪。王一我抽得很慢,她想这样可能会对皮肤好一点。她把手机落在了座位上,于是问鹅蛋脸:"几点了?"

鹅蛋脸没有看手机,只说了两个字:"还早。"

王一我不知道"还早"是什么意思,这里到处都是白雪,如果现在有一个人告诉她这里的天空没有太阳,她都会相信。

鹅蛋脸穿了一件大衣,大衣敞开,里面是一件T恤,T恤上面的英文字母写着——"独角兽是真的"。

树枝上新的雪和旧的雪混在一起。

"这真不错。"王一我冲鹅蛋脸说。也许说这些仅仅是感谢她给了自己一根烟。

"反正我们死了,这些地方还是这样。"鹅蛋脸说。

那还想怎么样……王一我想,然后她说:"是啊。"

鹅蛋脸又说:"死在这里也不错。"

烟快抽完了,王一我忽然笑起来。她觉得自己好渺小,整个火车都好渺小。在这样的天地之间,已经快五十岁的高南方竟然还发了那样的四个字,还关心她,或者想被她关心一下,因为渺小,这样的关心令人感到十分诡异。鹅蛋脸和那两对夫妻,还有导游,所有人一起构成了这个世界。

一阵颠簸之后,王一我朝着鹅蛋脸点了个头,然后拉开玻璃门,回到了座位上。

方便面的味道冲过来，王一我又烦躁了，她有时候会想，为什么自己总是忽然变得烦躁，也许是多年不如意的生活导致的。她心里觉得不值，但是这种不值，她从来没有对别人说过，尤其没有对高南方说过，如果她那样说，那这种不值就真的成立了。她只是默默吞下这种想法，也许早就变成了肚子上的一块肥肉。她打开手机，依然没有信号。所有的事情都很明确：她根本不需要一个嘲笑别人的机会，对她来讲，连爱都没有了，那恨也就没有了，只是一些碎片，证明和你在一起的人，那些时间，那些地点，真的存在过。

看着近处，高峰上升起来光亮，王一我忽然觉得鹅蛋脸说的是对的。这是一座很雄伟的山，山顶上有一条明亮的光带，就像一排大钻石在燃烧。有一瞬间，她觉得雪就这么融化了，冲自己涌过来。

就在这个时候，她看见前面的瘦女人站了起来，做了几个伸展的动作，很突然。她的头发像一个短毛刷子，年轻的时候搞不好喜欢摇滚乐，王一我不知道自己为什么会得出这些概念化的结论。但是她很快想到，过不了几年，瘦女人的皮肤就会像风干的果脯，无论她的男人是不是爱她，都会无法面对。而胖女人，脖子上堆积的赘肉藏在她的衣领里，看上去就像围了一条肉色的围脖，同样过不了几年，无论她的男人是不是爱她，一定也会无法面对。但是他们依然会幸福地生活在一起。王一我闭上眼睛，她很羡慕他们。她宁愿变成一块果脯或者一条围脖，得到这样的幸福。她并不想变成鹅蛋脸，虽然她谁都不了解。他们仅仅是自己几十年人生中某段旅程的同路人。她觉得不用给高南方回复愚蠢的短信，就像这两对夫妻一样，一起生活下去才需要理由，而分开不需要理由，仅仅需要一点点决心。

鹅蛋脸也进来了。

王一我想，是不是应该问："你为什么也在这里？"毕竟，她们一起抽了烟。

她还没有问，鹅蛋脸开始自己说起来，王一我没有听太懂，大概意思是：因为鹅蛋脸的护照丢了，他们所在的F市没有中国使领馆，她可以去最近的S市，但是去S市要坐飞机，坐飞机就需要护照。或者鹅蛋脸可以坐火车，但是火车要经过相邻的C国，也需要护照。于是鹅蛋脸需要找人从中国飞到S市给她快递新护照，否则她无法离开F市。于是她就一遍一遍地在火车上等待那个人，所以这列小火车，她并非第一次坐，也不会是最后一次坐。

王一我不知道她为什么和自己说这个，这听上去太倒霉了。

说了这些之后，鹅蛋脸又不说话了，她也许就是想告诉王一我这样一个事实，而且这个事实，也许从她一上车起就想告诉其他人，也许她会告诉所有人，毕竟这不是一个会发生在每个人身上的事情，简直称得上是一件值得炫耀的事情。她表现得很沉默，只是等待一个爆发的机会，让一切看上去自然而然地发生。王一我想到这些，也就觉得没有安慰鹅蛋脸的必要了，她找错了倾诉对象，如果她对那两个女人说该有多好，一定会有一番激烈的讨论。就在这个时候，高南方的短信又过来了。

还是一样的四个字——"我离婚了，"

王一我看了半天，她想高南方真的老了。

就像许多老人一样，他担心发不出去，于是又发了一遍。但也有另外一种可能，高南方只想告诉自己这样一个事实，并且故意强调一遍。

王一我一点都不想问下去，高南方已经离婚了，可是他现在离婚还有什么意义，对他有意义，对王一我来讲，一点意义都没有。可她又觉得，为什么不能出于礼貌，仅仅是出于礼貌，给他回一句，哪怕随便回一句都行。

可是，看着窗外，她一点兴致都没有，于是她把手机关掉。这四个字，她从来没有看见过。

七年前，两个人在中国科技馆的球幕影院看过北极光，寒冷的空中，无缘无故燃烧起一些绿色的火，王一我惊呆了。对她来说，或者对他们两个人来说，北极太远了，而在这里能见到极光也太神奇了。

"也许在中国的北方就能看。"她对问高南方说。

"谁愿意去北方看呢？"高南方这么说的时候，正在12月的大冷天用铝勺挖西瓜吃。

"你不觉得凉吗?"王一我觉得他这样说只是不想陪自己去。

高南方挖了一勺西瓜喂她,西瓜很甜,可是铝勺碰到牙齿的时候,她觉得太凉了。

在七年中,王一我提出过三次想两个人生活在一起。第一次是在他们交往最开始的一年,也许是在两个人吃西瓜或者看球幕电影的时候,因为提得这么随意,以至于高南方什么也不回答,也没有让王一我太尴尬。高南方说,他的婚姻走到尽头,除非能有一个孩子,于是上天就真的在第二年,给了他一个孩子。王一我停掉避孕药,也想给他生一个孩子的时候,高南方说:"现在不是时候。"他说出这句话的时候,很确定那个时候不合适。所以王一我第三次说出一模一样的要求时,已经是一个三十岁的女人了,她在乎的东西越来越少,包括被拒绝,所以连自取其辱都算不上,她想反正自己随便说说,高南方也随便听听。

三十四岁,王一我变成了一个人。虽然在别人看来,她一直是一个人。至于忠诚,当然谈不上,在这七年中,她随时准备离开高南方,就像有一根接力棒一样,有人可以把她从一段残破的关系中完整地带走。可是没有那么傻的人,所有人都能看出,王一我才是残破本身。直到忽然有那么一天,连她自己都不知道发生了什么。她说:"算了吧。"

高南方到最后都不明白,她说的"算了吧"是指什么?

什么算了？算了什么？王一我说："你应该懂吧。"高南方还是说不懂，王一我想，也许他只是装不懂。可是，一个四十几岁的人装不懂。王一我觉得，这个世界不好玩了。

没有人要求他们必须在一起，更没有一部法律安排他们必须在一起，所以他们不在一起，就成了比在一起更合理的一件事。大概这就是人们常说的"七年之痒"，但很快，这种念头就被另外一个念头取代了——七年？在一起的时间加起来总共才一年啊！于是，王一我连痛苦都感觉不到了。她到现在也不知道为什么自己会忽然做出这样的决定，也许那一天，她的头顶出现了北极光，这是不是就是导游说的"幸运"？她打开手机自拍，看了看手机屏幕上的自己，她开始怀疑，高南方是不是真的爱过自己。

王一我对着手机捋了捋自己的头发，有些时候，她觉得自己长得很普通，甚至算不上好看。可也有一些时候，她觉得自己算得上好看，那些算得上好看的时候，她觉得自己和高南方在一起就是一出悲剧。因为不好看的人连演悲剧都不好看，所以那些不好看的时刻，王一我仅仅想到，他搞了七年的婚外恋，自己做了七年的第三者，他们想要什么下场？现在能各走各的路，就是最好的下场。甚至都不能用"下场"两个字，应该是一个好的结局。

于是，她打算真的去一次北极，就算是庆祝这个结局。只是，这要花不少钱，但是想到一生可能只有一次机会，她决定把手里的钱好好攒攒。随着高南方一起换掉的还有做了七年的工作，想要赚更多钱，在她看来，只要把工作定位为"赚钱"就好了。

但这些都过去了。

4

几个小时之后，火车到站了，大家被导游小姐安排到了客房里进行短暂的休息，然后等待极光。

客房里很冷，尽管配上了电热毯，还是很冷，空气很干燥。沾满油污的电视机只能收看一个当地的频道和一个国家台，但是没人看得清是什么，因为屏幕上有一些时隐时现的雪花。王一我的习惯是总要时不时地换台，她受不了那样的安静。电视旁边有一个咖啡壶，看上去从来没有人用过。房间四周的镶板都变形了，有的挤下去，有的挤上来，仔细看，这里有些像当时她和高南方约会的地方，可是没有人觉得这里有什么问题，王一我一个人仔细观察这些镶板，好想把它们码整齐。床单上画着一些当地的动物，王一我觉得脏极了，床单如果不是白色就会让她觉得脏极了。她从书包里拿出一根烟，她才想起来自己带了一整条烟，如果抽不完，她愿意留给鹅蛋脸。

冷得受不了，王一我打算去浴缸泡一个热水澡，整整一天，她都快冻僵了。打开浴室的门，闻起来，浴室里像藏着一堆脏衣服。王一我看了看四周，想确定是不是真的可以找出一堆脏衣服。她想打开浴室的窗户散一会儿味，一股寒气逼进来，外面的光亮就像隔着幕布的大探照灯发出的，每一块的颜色都不一样。

王一我想，外面就是一个冰冻星球，她很快就把窗户关上了。浴缸旁边摆着一个风干的南瓜，浴缸就像一个等待装满水的长方形棺材。

南瓜真是一个神来之笔啊，王一我想着，她脱掉衣服，一边躺在里面一边放水，太冷了，她把自己的身体弯曲着。墙壁很薄，隔壁客房的声音都可以听见。大概是胖女人和瘦女人的声音。胖女人的声音更大一些，听不清她在说什么。她还隐约听见鹅蛋脸在和一个人说护照的事情，她觉得很好笑，不知道鹅蛋脸在对谁说，搞不好是自言自语吧。她把耳朵贴在墙壁上，确定鹅蛋脸真的在说护照的事情。她又想到她的衣服上写着——"独角兽是真的"。

就这样，她泡在温暖的洗澡水中，一些轻的东西升起来，一些重的东西沉下去。她觉得舒服极了。她又打开手机看了看，没有任何新的短信，但是她的失望感已经不那么强烈了，也许是暖和起来的缘故。在黑暗的浴室中，她惊奇地发现，手机四周的亮光竟然有些像电视上的极光。于是，她拿着手机，仔细看了一会儿，她甚至都不想洗过热水澡之后再跑到外面去看，此行的目的对她来讲已经很模糊了。于是她关掉手机，浴室重新变成了漆黑的一片，仔细听，隔壁还在发出声音。不知道为什么，她总觉得鹅蛋脸编了一个故事,但是她不应该去拆穿她。而胖女人和瘦女人,仅仅是旅途中两块不同比例的背景板而已。伴随她一路的,只有那四个字。

她问自己:"还有什么不满足的呢?"她闭上了眼睛,觉得自己很快又可以睡着了。这一天,什么也没做,但是她觉得太累了。她不确定自己是不是真的睡着了,也许在梦中,也许不是。她想起一件事,在自己和高南方分手前的不久,她也泡在同样温暖的洗澡水中,也是在这样一个镶板随时会掉下来的普通客房里,当时她说:"高南方,不要老泡热水澡啊,会对身体不好的。"

人生何处不相逢

1

他们见面是在冬天结束，春天还没有开始的时候。钟却把黑色秋衣的领子翻到黑色毛衣外面，她整个人看上去就像一个黑色的铁块。虽然在北京早就不流行穿秋衣了，但是她知道自己在这个年龄保暖最为重要。

表哥在钟却旁边，看上去就像和铁块呼应的一个细面做的大白馒头。

这个世界上有各种各样的表兄妹，这没什么的。

钟却和表哥在车里，表哥的爸爸是钟却的大舅，大舅早就死了，死了之后他们很少来往，但也不是一次都没有。距离他们上次见面并没有过去很久，大概一年或者两年，钟却想不起来了，一年还是两年都一个样。上次见面，是因为爷爷去世了；再上次，是奶奶去世了，他们在这种时候见面，因为他们是亲戚。除了这种事，可以让他们在一起的事并不多。好在亲人去世的事并不常发生，他们可以一起谈论去世的人活着时候的事，如果那个人的一生足够长,他们就刚好可以打发这种被称为"悲伤"的时刻了。

表哥的车很脏,从里到外都很脏,他们坐在里面,等着方弛火化,表哥说自己太胖(他确实太胖)。除了这个,他们不知道还能聊什么。眼前具体的事物在钟却的视线中不断放大。表哥的车不光脏,她现在发现还很臭呢,有一种把袜子塞进嘴里的味道。或者说,像一个四十岁的单身汉的味道,这个比喻还挺合适。钟却简直不能让自己完全放松。她的脚下是一些踩上去乱响的塑料袋,光从声音上就构成了表哥四十岁了还是单身汉的事实——可千万别想成什么钻石王老五。

距离他们上次见面大概一年,或者两年,这不重要。钟却甚至希望是二十年,反正他们在一起只有一个时间的概念。那么二十年和刚刚又有什么区别?言归正传,许久不见的人应该聊点什么呢?这个问题真把他们难住了。

钟却闻了闻自己黑色秋衣的袖口,有浆洗的味道,还有烟味,烟是十块钱一包的那种,虽然廉价但是并不意外,她进而也感觉自己就是一个廉价的人。最后一根烟刚才已经抽完了。此刻她想,方弛正在炉子里面燃烧呢,而自己手边连一根像样的烟都搞不到。是啊,搞不好,方弛的一部分已经飞到空中(至于哪一个部分并不重要),正从高处眺望他们这辆 2000 年产的桑塔纳。钟却不由自主地往空中看了看,蓝色中混合着白色,冰晶般的云彩很高。表哥正在跟她说话,但她什么都听不清,因为无论谁死了,她都会这样去想——死者的身体正蜷曲地融入火苗，越来越脆，越来越薄。

表哥告诉她，一会儿也许会下雨。

可是看着很高的云彩，冰晶般的，白色中混合着蓝色，她想，一会儿怎么会下雨呢？

在这小小的汽车里，钟却搞不清楚自己还能相信什么。一大半的人生已经失去，虽然当初并非漫无目的，如今却消失得无影无踪。至于为什么会出现这样的联想，大概是因为看着别人死亡总是容易怜悯自己吧，她三十岁，表哥四十岁，女人的三十岁和男人的四十岁毫无差别。或者说，有差别，那就是三十岁还不如四十岁。某些东西正在变得支离破碎，每天起床之后她无法不去面对。

时间过去了很久，钟却想着，方弛已经结束了，或者说，他把自己了结了，对，"了结"这个词更好、更对……干干净净、彻彻底底，未来的日子，他身体的一部分会滞留在太空里，或者跑进什么都不是的空间，人对空间的感觉越来越弱，最后自己都无法感觉，但这不就是方弛想要的吗？她猜测着。

钟却又想抽烟了。

"有烟吗？"她问表哥。自己的已经抽完，否则，她不想向表哥借烟。他们是一对难兄难妹，他们应该避免接触，倒霉是会传染的。

"什么都抽？"

"什么都抽。"她知道,这种年龄,不应该挑三拣四。

她把表哥的烟放在嘴里。之后,有种质地像冻干果干一样的残渣突然出现在嘴里。

她看着天空,云彩变低了一些。有一瞬间她想吐,她想要怪就怪地球吧。不过很快,连想吐的感觉都消失了。

起风了,车外的树叶摇了两下。

"你最近在忙什么?"抽了一根烟之后,钟却问表哥。外面很冷,她把自己缩成一团。也许方弛就是因为很冷才死掉的。方弛是表哥的朋友,准确地说,是一起钓鱼的朋友。但是,昨天,或者说前天,总之不久之前,他死了。钟却想来,于是就来了。她并不难过,对那些小猫小狗啊,有些人都难过得不行,可她无法认真对待。

"你以后和谁钓鱼?"钟却本来想问这句,但是话从嘴里冒出来,就变成:"钓鱼有什么意思呢?"

"有意思。"表哥说。

"有什么意思?"外面很冷,车里很脏,钟却连思维都变得迟钝了。刚问完,她就想起自己已经问过同样的问题。

"古人说渔猎,但是如今不能猎,只能渔了。"表哥这样回答。

钟却连连点头。

"以后你跟谁一起钓鱼?"就像在问表哥"那以后跟谁一起生活"一样。但是表哥在前四十年里都是和自己生活,她忽略了这一点。

"你们单位的人吃惊吗?"钟却问。

"吃惊?吃什么惊?"表哥对这句话的反应比这句话本身还吃惊,"你看单位有人来了吗?就来了我一个。"

钟却不知道为什么,他把"我"字说得很重,这让听的人也感到吃惊。

"不过……"表哥接着说,"我和单位都快脱离关系了,我也不能算单位的人。方弛是看金库的,谁有必要认识他呀,对吧?别说人,连鬼他都见不到。换个说法,不是见不到,是不想见,见了也跟没见一样。他要是想见人,就不会申请调到金库了,对吧?我去的那年,他还是个干部,听说过看金库看得好变干部的,没听说过干部主动要求去看金库的。你说是不是?"

"但是他喜欢,没办法。"钟却说的时候把双手摊开。

"是啊!"表哥说,"喜欢!也不知道他喜不喜欢现在,化成一缕青烟喽。"

表哥越说越开心,并且,他喜欢自我肯定,不知道开心和自我肯定哪一个在前、哪一个在后。表哥接着说:"他要是喜欢人还能混成这样?你说,我们现在这么谈论他,他要是听见,是高兴呢,还是不高兴呢?

"金库什么样?金库到底有多深?"钟却一直想问这个问题,但是她并没有太多这种机会。她脑子里想的全是电视剧、电影里的金库。

她想起自己两三年前在波兰有过一次短暂的城市观光，她就像那些白领一样，喜欢周游世界，对世界的理解也仅仅停留在一般的抒情事物上。那座城市有一个非常有名的地下盐矿。名字她早就记不起来了，大概一百年前，盐矿就停止了运营。接下来的一百年，它变成了当地一所收费昂贵的医院。据说所有肺病患者都去那儿治疗，给自己的肺做个水疗。那里发展出了提供衣、食、住、行的机构，说这些只是因为她不由得想到，金库会不会也就是那样，寒冷、安静、有回音，显而易见，也一定十分昂贵。

"金库能什么样？"表哥突然说，这是他最喜欢的语气，虽然他们很久才见一次，这种语气从来没变化过，这让钟却觉得难过，好像表哥已经历尽沧桑，可表哥并没有历尽沧桑。他虽然并不丑，可是胖。在钟却看来，要想沧桑，一定要经历很多的爱情，以及很多爱情的失败，可是又胖又丑的表哥，谁会爱他呢？

"金库能什么样？"表哥接着说，"没劲，特别没劲；静，特别静，四周都是金砖。"

她要的不就是这种没劲吗？钟却想。

"然后中间是人民币，当然，四周的金砖是不能动的，中间的人民币能动，也就是银行当日的储备金了。"

"方弛和你说过这么多？我还以为你们就是钓鱼的关系。"

钟却觉得自己不了解方弛，但是不了解不是很正常嘛。

"我们就是钓鱼的关系。"表哥接着说。

"那他每天在金库干什么?"钟却问。

"什么也不干。"表哥说。

"你怎么知道的?"

"他跟我说的。"

钟却想,人就这么活着,总得干点什么吧。

"待着。我问过他,就这么,待着。"

就像他们两个人现在一样,外面很冷,车里很脏。可是,严格来说,他们这样可不能算是"待着"。

"我就不懂什么叫'待着'。总得想点什么吧,什么都不干可以,但是总不能什么都不想,这可有点难。"

"那我就不知道了,可能也有人什么都不想吧。"表哥的回答不太确定,这也超出了他的理解。

"有吗?"钟却对这种回答感到怀疑。

"抽烟吗?"表哥问,这句话的意思是"再抽一根呗"。

到此为止,有一件事钟却还是想不明白,表哥和方驰怎么会认识,并成为一起钓鱼的朋友。

钟却觉得表哥说的都是假的。至少有很大一部分都是假的。她一直觉得表哥有点傻,是不是被骗了。难道说,他还有不为人知,不被自己表妹所知的魅力?

"钓鱼。"表哥接着说,"他钓鱼,也特别奇怪,不是奇怪,是胆子大。有一次,我在S海,你知道,S海离市里很远的,开车总得两个小时吧,银行是在市里的,于是我在电话里和方弛说我在 S 海。你猜他说什么？

"'把定位给我。'然后，不到一个小时，他到了。"

"那有什么？"钟却觉得没什么意思，至少在这个故事里她没有发现什么意思。

"他要在别的单位也行，可是在银行，他看金库。"表哥有点着急，感觉钟却完全不能理解自己说的这个情节的关键所在。

他就是这种人吧。钟却想。

"而且他还是二婚。"表哥并没有把刚才的事情说完。他吐出了一个烟圈。他把自己生活中的大部分时间都花在了吐烟圈上。钟却想把一根手指头从烟圈里穿过去。甚至趁他不注意，多穿两次。刚伸出来，她就又缩了回去。表哥又吐了一个，但是她已经不想这么干了。

"你想不到吧？"表哥接着说，"二婚，而且他还有一个孩子。他也就是我这么大，四十几的人吧，可是他还有一个孩子！他竟然还敢有一个孩子！"

"世界上大概是有这种人吧。"表哥发出感慨，"什么都不干，什么都不想干，可是什么都干了，一样也没有落下。"

于是钟却问："为什么？"

表哥说："为什么？为什么，那我就不知道了，我没问，我也不能问，我要问，我们俩就没下次了。"

"没下次什么？"钟却接着说。

"钓鱼啊。他就是闲着,什么都不说,你也不能跟他说这些,虽然我怀疑他都知道,因为你想想,他有那么大一个儿子。"表哥说着用手比画,随随便便伸出来就碰到了车顶。表哥整个人都不舒服了,他把手缩回来接着说:"特别正确的事或者特别不正确的事,那就没下次了。"

"可你们怎么认识的?"钟却还是觉得表哥只是被骗了。甚至她想,也许这个人没有死。

"我觉得我就是特别吸引这种人吧。"表哥用的是"吸引",这是一个好词,但是这个好词属于他吗?不属于他,坚决不属于他。钟却觉得表哥得寸进尺了,她乐意看到一个得寸进尺的人,因为方弛还没有烧完,就算烧完了,也要等着放凉。他们实在无聊得要命。

"可能我们家的人都特别悲观吧。"表哥接着说。

不知道他这下一句和上一句有什么关系,看上去没什么关系。钟却想问:"不悲观有什么好处吗?"表哥和悲观实在很不相称。钟却觉得自己和表哥绝对不可能是一种人。钟却看不出方弛悲观也看不出不悲观,因为他死了。他就像消失在宇宙中的小星星,调皮的、能眨眼睛的那种小星星。不知道为什么,她总感觉方弛是一个很调皮的人。

钟却摸了摸自己的肚子。她饿了,听累了,等太久了。是不是快了?她这样想的时候右眼不停地往上翻,就像要把眼珠翻过来。这之后,她开始翻起左眼。只有翻过来,才能彻底地休息。她开始频繁地翻起左眼和右眼。

如果表哥突然看见,一定会觉得钟却很不体面。自己在表哥眼里什么样,她可不知道,两个人加起来都快一百岁了。左右眼乱翻的时候她想。

但是这么加,有什么意思?她又觉得好笑。

实在没什么意思。接下来,她有节奏地敲打自己的肚子。她饿了,她早就饿了。她听累了,她早就听累了。

她侧过头看表哥。

很奇怪,表哥嘴角的胡须还粘着面包屑,他正舔着自己的手指。一瞬间,这让钟却觉得十分愤怒。

"估计差不多了,我去上个厕所。"表哥说,并且他不知道从什么地方变出了剩下的面包,放到钟却的肚子上,然后下车出去了。

钟却在车里等了很久,她把面包掰碎,她很喜欢这个掰碎的过程。她甚至愿意把这些贴在表哥嘴角的胡须上。就像他们小时候玩的一样。

她打开化妆镜看了看。不知道为什么,她有一种自己长出了白头发的错觉。她用手拼命掸,还以为是面包屑。明明早晨还没有。钟却发觉自己的脸色非常难看,也许是因为她在街边吃了个煎饼,她冲着镜子里的自己笑了笑。她希望尽早离开。她随便翻了翻四周,表哥的车里竟然有本小说,她拿起来翻了翻。

表哥回来了。

他在回来的路上差点摔了一跤,这是钟却从后视镜里观察到的，或者说，无意看到的。他刚才的动作可真滑稽啊。钟却想。

他说："你知道吗，他车上永远放着五条万宝路。"

"为什么是五条？"

"他怕抽完了。"

"一条也得抽一阵子呢。一天一包也得抽十天。"钟却从来不考虑十天之后的事情。

"他就是这种人。"表哥说，"他就是这种在车里放五条万宝路的人。"

"反正就是五条万宝路，别的牌子也不行，放在车上，他的车上干净啊，简直一尘不染。他的钓鱼工具也是一尘不染的。你知道鱼护吧？方弛从来不用鱼护。"

"为什么？"钟却把化妆镜合上，问了一句。

"怕弄脏了。"

"那他为什么买？"

"没有这个，能叫钓鱼吗？"

"他连钓鱼竿都没有？"钟却问。

"有。那怎么能没有呢。"

钟却自言自语："是啊，他怎么能没有呢？"

表哥说："我就这么和你直说吧，一个钓鱼竿，一千；另外一个钓鱼竿，一万，但是一万的就比一千的轻十克，他必须换成一万的。"

"十克是什么概念？"钟却问。

"你能分清十克和二十克吗，或者零和十克吗？"

"我没区分过。"钟却觉得这个数量太不具体了，对于她的生活来讲，毫无必要。

"是呀，这有什么区别呢？有什么意义呢？"表哥又提到意义了。

钟却感觉十分可笑，他是一个有意义的人吗？方弛是吗？方弛绝对是一个没意义的人啊。没意义多好啊。你要说他有意义，他非得从火里蹦出来，把这些活人说的话塞进活人的嘴里。

"除了钓鱼，你们聊过别的什么？"钟却问。

表哥说："如果他新配了一种鱼饵，他准能和我聊两个小时。如果有什么事让他有非聊不可的冲动，就是这件事。那我就陪他聊，你知道，我一个人闲着也是闲着。对了，你知道吧，他特别白，特别特别白。大概是常年都不见阳光造成的。"

接下来，他又自言自语："你怎么可能知道他那么白呢……"

钟却想，表哥为什么要说这个呢？他的身体胖胖的，太阳升起来，他整个人都在发亮，看上去就像融化的奶油。

对钟却来讲，这什么都不是，只是一个瞬间的没意义的想法。

"你有他的照片吗？"钟却问。

表哥在手机照片里翻了挺长时间，说："没有。"

"一张也没有?"

"一张也没有。"

钟却也没有嘲笑的意思,她能嘲笑谁呢,嘲笑自己还差不多。嘲笑这种情绪一旦产生,就像一口化不开的痰,当她愿意的时候,就从嗓子里冒出来,再吞进去,但是别人学不会。

有时候她觉得世界上最不该死的人就是方弛。因为只有像方弛这么没意义的人,才应该一直一直活下去,活一天就等于活了一年、十年、一百年、一千年、一万年。钟却想起不久之前在报纸上看到的一个新闻:有一个岛屿,就是达尔文发现进化论的那个岛屿,岛屿上的乌龟在一次行动中被"杀"了,只有一只还活着,这一只幸存者大概还要活一万年,或者更久。她想到一种挺肉麻的说法:一只永恒的乌龟。

这一切还没完,钟却突然觉得很难过,连她自己都觉得十分突然。难道自己是为那只小乌龟难过?

眼泪就像水珠从发黄的岩壁滑落一样,顺着她的脸往下淌。

表哥驾车往回开。对面开过来的车很多,他们的车看上去像逆流而动。车已经开了足够长的时间,人在一个空间里待太久,钟却觉得太闷了。

车速很快,四周的影子和光飞速移动,看上去都是有质量的。那短暂经过的阴凉和气流从打开的窗户吹进来。

"完了。"表哥说。

"嗯?"钟却说。

"嗯。"表哥又说。

一个人在生死之间,尤其这消损的过程,仿佛充斥着星际之间的暗物质,吸收了太阳落山以及升起的全部光线。

方弛已经离他们而去,或者说,离表哥而去。表哥失去了一个一起钓鱼的朋友。这一切并不能让钟却对地球有全新的认识。

"再这么一直开下去,马上就到M海了。"表哥突然说。

"哦,M海。"钟却重复一遍。

她注意到窗外,自来水从各种颜色的大盆里溢出来冲洗着地面。天上,偶尔有云彩飘过,在地上留下巨大的阴影。看上去要下雨了。

与此同时,广播说即将下一场雨。

将近中午时分,天上偶尔有云彩飘过,在地上留下巨大的阴影,但也许只是一种幻觉带来的阴影。钟却觉得就像自己一个朋友说的:阳光猛烈,万物在热浪中变形。街上的人,在阴影里,偷偷流汗。

这是一个陈旧的地方,路在车轮下急速地往后退。

钟却好奇的是,他们为什么来这么陈旧的地方钓鱼。

表哥看着前方,他大概回忆起了某些愉快的钓鱼过程。

钟却说出来的话,就像一块晶莹剔透的糖,在这样炎热的空气中，很快融化了。于是她又问了一遍："为什么来这么陈旧的地方钓鱼？"M海在北京的边缘，围绕着海形成了一个小小的岛屿。

可是连钟却自己都没有想清楚，自己为什么和表哥来到这个地方，为什么消耗这样一个早晨。鸟开始向空中飞，雨还没有下起来。

"这算怎么回事呢？"

很快，出了一个收费站，就快到M海。钟却听见表哥和收费站的人吵了起来，他们应该是为了几块钱而吵，钟却觉得没意思透了。也许不是吵，只是表哥的说话声音很大，钟却真想劝他们别吵了。他们的争吵声悬浮在空气中。表哥看上去并不生气，也许他只是故意将音量提高了一些。

正在这个时候，雨下了起来，街上那些人的头发，突然间被冲洗成了一缕一缕的。

"他就是这么一个人，唉。"表哥突然说。

"谁？"钟却问。

"谁？方弛呗。"

钟却把车窗打开，问："刚才为什么争吵？"

"跟谁？"

"收费站的工作人员。"

"哦。"表哥想要说什么，但是声音突然被穿过的一座桥打碎。过了这座桥，就到M海了。

"我有一个建议。"表哥突然说,"你陪我钓一次鱼吧。"

"你要发展我成为你的钓友?"

"钓友?你是我妹啊。"

"我一次没钓过。"

表哥什么都没说,但是神情透露出来的意思大概是——"你可真是白活了"。

"钓吗?"

"不钓了。"

"你要是决定了,我们现在就去,东西都在车后面。"钟却看到后面都是渔具,四周全是泥,让人感觉一阵寒酸。难闻的味道从后面飘过来,也许她刚才闻到的气味就是从这里出来的。

"你要是再晚决定,天就黑了,那看上去肯定比现在可怕很多。"

"我们还是在变得可怕之前早点离开吧。"钟却说。

"别听我给你讲这么多,他呀,就是一个挺怪的人。"

"我睡一下。"她和表哥说,"累了。"

闭上眼睛之后,一想到方弛这个名字,他那张严肃的脸就出现在了脑海里。

2

有些人的严肃是天生的,有些人的严肃是做给别人看的。方弛很讨厌这种严肃，就任其发展。他很白，但这并不是常年不见阳光造成的，他甚至经常在阳光下只做一件事——钓鱼。她认识方弛的时候，方弛的脸几乎是透明的白，很难让人产生感情和联想，也不会让人留恋。他不看人，只看鱼，尤其在钓鱼的时候，所以他总是能让鱼上钩。

她可以想起更多方弛的细节，比如，衣服总是穿得很整齐、喜欢抽万宝路、非常热爱钓鱼……所以钟却对钓鱼并不陌生。想到这些，她觉得自己快喘不上气了。她松了松黑色秋衣的领口。

当年，他们总是一起来到 M 海。

坐在摇晃的车里，钟却感觉周围就像一片海洋，自己正用双手在海洋里滑动，她感觉整只手快要从胳臂上甩出去。窗外，海风轻抚，指尖像触电一样。她想起和方弛的那些年，他们的车在雨里开着，正如向着海平线倾斜的船身。绷紧的帆布，随时可以荡出细小的波纹。

他们的车穿过一座小桥，雨水很大，如果他们的车就这么翻到桥下面去，也不会有人知道。钟却用手擦去挡风玻璃上面的雾气。她感觉这一切很有意思，玻璃窗上的水珠像纷纷落网的小鱼，看着很恍惚；黛色的云朵飘浮在山顶。每次钓鱼之前，方弛都用一块白色的亚麻餐布擦拭钓竿。他的手指围着钓竿上下转动，那种感觉就像河水汇入大海一样平静。

这样想的时候,她闻了闻自己的手指,咸的,有生石灰味或者鱼腥味。此刻,水珠砸在玻璃窗上。两侧的植物谈不上纵深绵长,但是错落有致,给人一种漫无边际的奇特感觉。

当年,她和方弛总会停留在 M 海。抬头看,是缓慢飘逸的青霭。

每次钓鱼之后,他们沿着一条光秃的小路走回来。如果是夏天,或者早一些时候,比如现在这个季节,就会有一些油亮的地衣和稀疏的绿草冒出地面。空气仿佛受了惊扰,闪烁着微光,变得更加明亮,所有的轮廓都有些耀眼,又会恢复成那种沉闷的朦胧感。

冬天的时候,他们开过来的车子会被厚厚的积雪覆盖。每次钓鱼之后,方弛都把雪清理干净,用刷子把车窗扫干净,把挡泥板上的雪扫下来,他推着车,直到车可以开上路面,轮胎紧紧地抓住裸露的地面。

他们在一起经历了几个这样的春夏秋冬,那是一段美好的日子。

尽管方弛并不让人印象深刻,但是钟却很容易想起他,直到现在,她会不合时宜地想起和方弛在一起的细节,这些细节伴随她走过余生。

钟却不愿意再想了,她把眼睛闭得更紧了。因为所有的一切都会消失在广袤的地平线上,就像死亡消失在宇宙中一样。她当然不会告诉表哥这一切,因为他们只是一对关系一般的表兄妹。

雨还没有停。

这是一个无聊的故事，正像故事一开始，那种枯败的天色让人毫无兴趣。早晨吃过的煎饼还在胃里消化着，可是钟却依然觉得好饿，想把世界吞进肚子，她又开始翻起自己的左右眼皮，她看着自己的手指，指甲上的月牙很大，她觉得自己的身体一定出了一些问题。她还在等待上个月做的检查的结果，虽然这仅仅是一个常规的身体检查。不由自主地，钟却又扯了扯自己的黑色秋衣，她觉得自己已经穿得够多了。

后 记

"文革"四十五年来,中国的文学跟中国和中国人一样,发生了飞速的和惊心动魄的变化。经历了伤痕文学、改革文学、寻根文学、先锋文学、都市文学,魔幻现实主义、新写实主义,最后到网络文学的出现,(还有一些作家,写作风格无法被归类到上述的文学潮流中)中国文坛快速更迭着新思潮,同时,也无不折射出,它的读者的生活境遇和人生经验也在发生同样快速激烈的变化。

于一爽的小说里的人物,跟新兴中产阶层和上流阶层相比,不算富有,但参照自己的祖辈、父辈,也算不错。他们的愿望、希望和恐惧,来自他们个人日常生活中的经验与矛盾。

她笔下的人物都还年轻,但已经被推到了无可忍受、快要扛不住生活的临界点。到处是不能实现的期望、矛盾的心情和复杂的感受。他们生活在网络社会,广告和媒体设定的审美理想及幸福标准让他们渴望,却可望而不可即,因此而痛苦万分。

作家于一爽是一个战士。她的战斗在两性关系、友情和孤独的阵地上。这个阵地一点不缺少戏剧性、存在性和挑战性，跟自我的纠结、跟他人的矛盾，这里是生命真正冲突的地方。

　　她用十分冷静和十分同情的眼睛，细致入微地观察她笔下的人物。她的语言简洁精准，叙事干净，可她不是淑女，她爆粗口，用脏话做她赢的武器。她跟互联网语言亲近，这和她曾经做过博主有关，但她的语言与网络文学迥然而异。

　　她是一个母亲，生养了孩子和小说，她可爱又可惧。

米歇尔·康·阿克曼
汉学家、文化观察者、歌德学院（中国）前总院长
2021年10月14日，柏林